Sabine Malebranche
avec
Marie Lourdes Jean Pierre Jarbath

La mémoire des Lwa

2024

Des mêmes auteures :
Sabine Malebranche : *La saison des Lwa*, Port-au-Prince, L'Imprimeur S.A., 2017

Marie Lourdes Jean Pierre Jarbath : *Le livre sacré du Vodou Ayisyen*, États-Unis, Amazon, 2023

Révision, suivi et distribution
Communication Plus… Livres
complusa@yahoo.com

Couverture et mise en pages
Annie Théodore

ISBN 978-99970-918-6-4

Dépôt légal : 21-02-058
Bibliothèque Nationale d'Haïti
Achevé d'imprimer en juillet 2024
sur les presses de L'Imprimeur S.A.
Port-au-Prince, Haïti

sabinemalebranche@yahoo.fr

Je confie à la Divinité, la Déesse,

La MAÎTRESSE ERZULIE FRÉDA

Mon parcours et ma recherche initiatique

Vers la Vérité

Je veux ici rendre un hommage très spécial

À la MÈTRÈS ÈZILI FREDA

Qui m'a permis d'arriver au printemps de ma Foi.

Yon Zetwal file

Yon Deyès deplase

Grann Aïzan an vwayaj

Notre Grande Dame

Notre Mère

Notre Grann Dédé

A traversé la lumière

Entourée de son escorte de Lwa.

Dédé, tu portes en toi notre mémoire

Le passé, le présent et le futur Tu portes en toi

La couronne de Grann Aïzan

La mémoire de l'eau et de la terre

Mission accomplie !

Je veux rappeler à mes enfants
Annie-Dina et Claude-Édouard
Que l'harmonie reste le principe de la famille
Afin que l'héritage des Lwa soit protégé
Sur plusieurs générations

Je veux qu'ils sachent tous les deux
Que le vaudou c'est le respect de la Nature
Que le vaudou c'est l'ordre, la discipline
Et le respect des grands principes cosmiques.

Je veux aussi leur rappeler qu'il n'y a pas de ciel
Ni de paradis.
Le paradis c'est l'état de notre conscience.
Nous sommes sur terre
Éternellement.

« Détruis-toi pour te connaître. Construis-toi pour te surprendre. L'important n'est pas d'être mais de devenir. »

Frantz Kafka

« La Foi s'écrit avec ceux et celles qui la vivent. »

Marie Lourdes Jean Pierre Jarbath

L'Église Vodou d'Haïti

Ou p ap janm konnen anyen nan Lwa
Se Lwa ki konnen sa Lwa ye.

En tant qu'humain,
Il nous est impossible de connaître
Véritablement la dimension des Lwa.
Seuls les Lwa peuvent concevoir
La dimension incommensurable
d'être Lwa.

PROLOGUE

ÉCRIRE AVEC LES LWA : L'ALCHIMIE TOTALE

Un verbe qui est une écriture et l'écriture qui inscrit une voie dans le temps et l'espace des Lwa

Ce livre est ordonné par les Lwa. Quand nous avons décidé de l'écrire ensemble, Mambo Marie Lourdes et moi, ce fut tout de suite une symbiose, une fusion d'idées et une convergence naturelle d'expériences et de vies, une folie mystique où l'égo n'avait pas sa place. Ce fut une alchimie totale avec les Lwa.

Ce livre c'est la recherche d'une balance pour consolider notre société dans sa culture et dans l'héritage des Esprits. Ce récit c'est notre regard pour comprendre la vie, la mort, l'amour, nos responsabilités et notre charge mystique en tant que femmes et en tant que vivan. Ce récit c'est aussi la sublimation de toutes les ratures et des césures de la condition humaine, pour que nous puissions aller vers le meilleur de nous-mêmes. Ce récit c'est le partage de nos valeurs communes, de nos vertus, à Mambo Marie Lourdes et moi, dans nos pratiques personnelles du vaudou. Ce récit nous donne l'opportunité de connaître la beauté des rituels et de préserver les Lwa en nous. Ce livre marque, dans toutes ses pages, notre amour démesuré pour les Lwa qui ont créé la terre d'Ayiti pour l'habiter, ce, depuis des années-lumière.

Mambo Marie Lourdes et moi, nous avons décidé de donner tout ce que nous avons reçu des Lwa. C'est l'éthique du vaudou, le principe premier, le premier enseignement. *Fòk ou bay pou ou ka jwenn.* Il faut savoir donner pour recevoir et avoir la richesse en retour. Il faut faire acte d'écriture pour que les générations futures sachent d'où elles viennent, *ki moun yo ye, sa Zansèt yo te fè et ki kote yo prale.* Qui nous sommes, ce que nous ont laissé les Ancêtres et comment vivre dans ce monde disparate et implacable. Nous devons partager la Connaissance et nos savoir-faire parce que nous avons la prétention de transformer Haïti pour changer le monde. Je reprends ici une expression de Manbo Marie Lourdes : *Lè tas ou plen l ap debòde, fòk ou ka bay ladan.* Quand ta tasse est remplie et qu'elle déborde, il faut la partager.

J'ai été fascinée par le savoir-faire et l'expérience de Manbo Marie Lourdes dans la pratique du vaudou dans ses dimensions initiatiques, ésotériques, expérimentales, cultuelles et culturelles. Sa fascination pour le vaudou a rencontré mon attirance pour les Lwa et mon ambition d'être, un jour, une prêtresse du vaudou ou un Lwa, qui sait ?

Le respect et l'humilité de Manbo Marie Lourdes à l'endroit des Esprits et des vivants m'ont interpellée. Lwa yo gran. Les Lwa sont grands, me dit-elle dans les moments de dévotion que nous partageons ensemble. Oui, dans ma longue et interminable quête vers l'initiation, je vis des moments précieux où il m'est enseigné la grandeur et le mystère des Lwa.

Et le mystère devient miracle quand la Maîtresse Erzulie Fréda entre dans ma vie avec toute sa magnificence, sa gloire, sa beauté et l'essence même des Lwa, ces Génies créateurs d'univers.
Et le mystère devient miracle quand la Maîtresse Erzulie Fréda nous présente, Manbo Marie Lourdes et moi, comme deux sœurs marasa, connectées par principe, sur demande des Lwa.

Et la Manbo incarne la parole des Lwa suspendue dans notre imaginaire et accrochée à notre souffle. Et moi, je me retrouve destinée à inscrire et à écrire le verbe des Lwa, ces bribes intenses de lumière dans nos corps de femmes-Lwa.

Manbo Marie Lourdes est la voix. Je suis le parchemin qui mène très loin, au temps des Divinités. Manbo Marie Lourdes est la matrice qui porte la voie. Elle est la source. Et moi, je me retrouve, une fois de plus, imprégnée de l'écriture sacrée des Lwa.

Et le mystère redevient miracle quand la Maîtresse Erzulie Fréda nous demande d'écrire 101 livres pour dire et pour traduire des tranches d'histoire merveilleuse de son passage sur terre. Nous lui dédions, Mambo Marie Lourdes et moi, ce texte-parchemin, pour honorer le passage des Lwa toujours présents en nous.

Èzili sòti nan non Savalou e.

Sabine Malebranche

KA GRANMOUN GENYEN LÒD

Alors, la Maîtresse Erzulie Fréda me dit :

Bèl Fanm, sache que la saison des Lwa est déjà entamée

Depuis des millénaires…

Prends ta plume et écris.

Écris notre histoire

Dans la mémoire de l'eau

Inviolable et mystérieuse.

Écris notre allégorie

Dans le temps et l'espace de cette nouvelle saison

Qui commence à peine.

PRÉLUDE

JE M'APPELLE ERZULIE FRÉDA

Ceci est une transcription de conversations et de dialogues avec la Divinité, la Déesse, la Maîtresse Erzulie Fréda.

Kouman ou ye, Bèl Fanm ? Ou byen ? Comment vas-tu, *Bèl Fanm ?* Tu vas bien ? Sais-tu qui Je suis ? Sais-tu d'où Je viens ? As-tu cherché à savoir pourquoi cette divinité nubienne parée d'azur et d'améthyste te visite chaque fois que tu t'endors ? T'es-tu souvent demandé pourquoi toutes ces belles femmes vêtues d'or et de safran habitent tes révélations ? Connais-tu ces naïades aux couleurs d'océan qui entourent la barque de Maître Agoué?

Bèl Fanm, sais-tu qui Je suis ? Connais-tu les myriades de formes et les 101 couleurs de la terre que nous avons choisi d'habiter à notre façon ? *Bèl Fanm,* je t'invite à Me connaître. Prends ta plume. Écris.

Je viens d'une autre planète. Elle s'appelle Vénus, Ma planète. Je ne suis pas de la Terre. Je me déplace quand mes enfants ont besoin de moi. J'emmène avec moi une escorte d'esprits remplis des pouvoirs de toutes les galaxies. Je suis une lumière éblouissante qui implose l'Univers tout entier.

Je suis venue sur la Terre pour t'autoriser à découvrir, avec moi, les merveilles et les miracles du monde des Lwa.

Je viens de la Lune. Je suis une Étoile. L'espace marin est Ma demeure. Je suis l'Air. Le Vent est mon enveloppe. Je suis la Lune captive des désirs des Lwa dans la brillance des constellations de toutes les planètes. Je suis dans la source qui cristallise la pierre. Je suis au commencement de tout. Je m'appelle Erzulie Fréda.

Je suis Erzulie Fréda. Je suis tous les éléments. Je donne l'âme à la matière. Je suis tous les égrégores. J'ouvre tous les portails. Je suis le verbe des Lwa. Tous les Esprits du monde invisible se révèlent dans mes origines. Nous sommes le Cosmos et l'Univers intemporels depuis des milliards et des milliards d'années-lumière. J'ai inventé le verbe sacré et intouchable des rites immémoriaux des premiers vaudou. Je suis au commencement de l'Écriture et de la Création.

Je m'appelle Erzulie Fréda. Je suis l'Amour. Je suis la reine de l'Amour et de la richesse. Je suis l'Entité plurielle qui conditionne le bien-être, la félicité, le bonheur, la richesse et l'Amour. Bèl Fanm, sais-tu ce que c'est que l'Amour ? Est-ce que tu penses savoir comment aimer ? Penses-tu que l'Amour soit une romance ? Sais-tu que le général Ogou, celui-là même qui habite tes rêves et ton sommeil, celui qui t'accompagne à chaque instant de ta vie, s'arrête en plein combat pour saluer et embrasser les belles femmes qui traversent son champ de bataille ?

Je veux que tu saches que, Moi, Erzulie Fréda, j'ai inventé l'Amour. La conscience de l'Amour c'est le vécu de l'Amour. La beauté de l'Amour est la force de tes Lwa. Sache que de Mon point de vue, l'Amour est sacré. Je suis Erzulie Fréda. Je suis la Divinité qui incarne l'Amour. On me désigne comme la Maîtresse Erzulie Fréda.

Je m'appelle Erzulie Fréda. Je suis une très belle femme, comme toi tu l'es. Car tu es le miroir de ma conscience. Je porte en moi toutes les vertus. La Beauté est la quintessence même de ma nature.

Je suis Erzulie Fréda. Mon pouvoir est la communication. . Je suis directe, précise, concise. J'invente le narratif des Lwa. Je suis la parole des Lwa. Je parle au nom des Lwa. Je dis leurs attentes. J'interprète leurs désirs. Je planifie leurs actions. Je suis leurs principes. Je fais connaître leurs règlements. J'ordonnance leur mode opératoire. Je connais tous leurs rituels. Les Lwa sont l'équilibre de l'Univers.

Je m'appelle Erzulie Fréda. Je suis une reine. Je suis la reine de la diplomatie. Je fais de la dialectique. Bèl Fanm, sais-tu que nous sommes aussi des scientifiques ? Nous sommes la science de la nature. Nous sommes la nature. Nous sommes de grands stratèges. Les Esprits craignent ma rigueur, mon franc-parler et mes capacités de négociation. Je fais des guerres secrètes. Mes victoires sont silencieuses. Mon parcours est éternel. Je suis la longue durée dans l'espace et le temps des Lwa.

Je m'appelle Erzulie Fréda. Je ne suis pas ordinaire. Je suis extraordinaire. Je ne travaille pas seule. J'ai une escorte de Lwa qui attendent mes directives pour m'aider à sauver mes enfants et tous ceux qui sont innocents et tous ceux qui ont besoin de notre aide et de notre support. *Bèl Fanm,* sais-tu ce que c'est que d'être bourgeois ? C'est moi qui suis une bourgeoise. Je suis une vraie bourgeoise, la première, car mon royaume a des richesses incommensurables, et mon escorte est unique.

J'ai aussi une pluralité de dimensions. Je suis de toutes les civilisations. Dans l'une de mes dimensions, J'aime le poisson rose fraîchement pêché, agrémenté d'une branche de basilic. Dans mon autre dimension, J'attends des cadeaux à la fois précieux et simples. Quand Je m'installe dans ta vie, Je suis ton parfum préféré. Mes couleurs sont le rouge et le rose. J'aime bien porter la belle robe blanche que tu m'as préparée pour Mes rituels. Quand tu veux entendre ma voix et sentir ma présence en toi, dépose sur Ma table une belle bouteille de vin blanc. Tu allumeras ma chandelle le mardi et le jeudi. Je déguste aussi le sirop d'anisette. Garde-moi des bijoux d'or finement ciselés des vertus des Lwa.

Je suis la Maîtresse Erzulie Fréda. Je suis venue pour t'enseigner ce qu'est le vaudou, la Vie, la Mort. Je suis venue pour te rappeler que le vaudou est aussi vieux que le monde.

Je suis le Principe Divin.

Je suis la mémoire du temps.

Je suis la mémoire des Lwa

Je m'appelle Erzulie Fréda.

Mwen se Èzili Freda

LA MÉMOIRE DE L'EAU

Et l'eau raconte tous les récits mouillés
des
Simbi Andezo

N AP JETE DLO

Chaque goutte d'eau est porteuse d'une histoire dans la construction et le façonnement de notre propre histoire et de notre culture. Chaque gouttelette d'eau dans l'océan est la quintessence de l'histoire des Lwa. Avons-nous assez de dimensions en tant qu'humains pour vivre les principes et les règlements de notre terre, la terre que les Lwa ont choisi d'habiter ? Aurons-nous assez de recul et d'humilité pour savoir reconnaître que nous n'avons pas été créés pour dominer les Esprits, la Nature et la Terre ? Aurons-nous assez d'intelligence collective pour assumer que c'est la connexion avec les Lwa qui nous donne accès à la Connaissance ?

N ap jete dlo. Jetons de l'eau. N ap jete dlo pour la famille. Jetons de l'eau pour la famille. N ap jete dlo pou Zansèt yo. Jetons de l'eau pour les Ancêtres. N ap jete dlo pou Lwa yo. Jetons de l'eau pour les Lwa. Il y a beaucoup d'eau. Il y a de l'eau partout. Il y a de l'eau sous le péristyle de la famille, sous la tonnelle des Lwa, dans le bassin des Lwa. Il y a de l'eau qui se déverse et s'étale nan Gran Bitasyon.

Il y a de l'eau dans mon sommeil. Erzulie Fréda, je me noie.

Nwaye m ape nwaye

Nwaye m ape nwaye

Èzili si ou wè mwen tonbe nan dlo a pran mwen

Mètrès, si ou wè mwen tonbe nan dlo a pran mwen

Sove lavi zanfan yo, nwaye m ape nwaye.

Maîtresse Erzulie Fréda, je me noie, je me noie. Si je tombe dans l'eau, prends-moi. Et la Sirène Sou Kongo, dans sa robe moirée, a la forme de l'eau qui envahit mes songes, mon autre vie, cette parenthèse créée par les Lwa pour me faire entrer dans leur temps et leurs rites et dans l'espace du moment présent. Le moment présent est unique, et l'espace créé par les Lwa disparaît et s'efface devant le moment présent.

Toi, l'Asile de mes amours et de mes rêves fous, l'Asile de mes croyances invincibles et de nos désirs les plus secrets, regarde, je suis déjà au milieu de la rivière Maho. J'ai dans mes mains toutes les épreuves ensablées et les instructions des maîtres ascendés.

Je suis une femme d'eau. Je porte la cruche des Lwa Erzulie. Je suis entrée dans le portail de l'eau. J'ai fait un rêve d'eau où toutes les sources jaillissent mystérieusement de la terre de Kouzen Zaka. L'heure est arrivée. Fòk nou jete dlo pou Zansèt yo. Fòk nou jete dlo pou Lwa yo. Nous devons jeter de l'eau pour nos Ancêtres. Nous devons faire des libations, jeter de l'eau pour les Lwa.

Et l'eau raconte tous les récits mouillés des Lwa Simbi Andezo. Et l'eau raconte que nous avons beaucoup à apprendre des Lwa et que nous avons beaucoup à apprendre de nous-mêmes. Nous avons déjà voyagé dans plusieurs univers. Nous avons aussi découvert qu'il nous faudra vivre plusieurs vies dans tous les mondes que nous devrons habiter à chaque traversée et à chaque éternité.

Et l'eau raconte la diversité plurielle des divinités éblouissantes de lumière, imprégnées de toutes les vertus.

Nous avons été créés les derniers sur la terre de Kouzen Zaka. Nous sommes venus et nous avons trouvé que tout était déjà en place sur cette terre magnifiquement façonnée: la nature et les arbres, le soleil et les astres, le feu et l'eau, la nuit et le jour, la beauté et la laideur, le bien et le mal.

Nous sommes tous nés dans l'eau des sources intarissables. Nous avons joué dans l'eau des rivières. Nous nous sommes aimés dans l'eau des ondes marines gavées d'océan. Nous sommes les enfants nés sur la vague aquamarine de Mèt Agwe Tawoyo.

Et la vague nous a menés sur la Terre. Et nous nous sommes retrouvés sur la Terre avec tous les Lwa telluriques, les Lwa du feu, les Lwa des grands bois et les Lwa de l'eau. Et nous avons trouvé sur la terre tous les animaux venus d'autres planètes.

Et quand nous sommes arrivés sur la Terre nous l'avons embrassée. Et nous avons adulé tous les arbres. Nous avons trouvé tous les reposoirs

des Lwa qui habitent la terre. Nous avons aimé les calebassiers, les mapous, les figuiers, les sabliers, les abricotiers et les ciroueliers.
Et les Lwa nous ont enseigné que les arbres sont des livres, des écritures, des temples, des sanctuaires et des testaments. Et les Lwa nous ont enseigné que les arbres sont aussi nos Ancêtres parce que les arbres portent en eux la marque du ciel et les césures du temps.

Nous devons chercher et questionner ce que les Anciens nous ont laissé comme héritage. Nous devons nous reconnecter avec la Terre. Nous devons parler aux Anciens pour savoir comment ils ont su gérer la terre, comment ils ont aimé la terre et comment ils l'ont préservée.

Alors, l'eau, dans la supplique crépusculaire du ressac de la marée montante, nous rappelle que la Terre ne nous pardonnera pas de l'avoir mutilée et asséchée. Nous, les enfants de la Terre, nous n'avons pas voulu entendre la voix des grands fonds. Par la suite, nous avons décidé de trahir la Terre. Alors, la Terre nous rappelle que le feu efface les traces de toute civilisation et que l'eau garde en elle, pour toujours, la mémoire blessée des mondes engloutis. Et l'eau des rivières et des sources bénies interpelle notre humanité, notre empathie, notre beauté et l'omniscience des Lwa.

La mémoire de l'eau c'est transcrire le livre de la Foi, c'est l'écriture et la parole sacrée des Lwa qui traduit, dans l'Éternité, la Foi universelle.

ALEGBA W A DI YO NOU GRANMOUN

Je suis l'Air et le chemin vers l'astral.

J'absorbe l'Eau des profondeurs marines

Qui purifient et renouvellent.

J'incruste dans la Terre des Anciens

Mes talismans, les non-dits

J'écris mon histoire avec mes Lwa

Sur des braises de Feu

Nan Gran Bitasyon.

Alegba o w a di yo nou granmoun o

UNE NOUVELLE SAISON COMMENCE...

Une nouvelle saison commence. Cette saison s'installe au milieu des rituels réinventés au rythme des danses et des offrandes pour les Lwa. J'interroge cette nouvelle saison ouverte à la quête de la Lumière, des Ancêtres et des dévotions à faire. Je la vénère, cette nouvelle saison, car elle est aussi une saison de regards sur les bitasyon immuables et indivisibles, délaissées et oubliées, fragiles et fortes, reposant dans la tristesse et le silence de notre passé à redécouvrir.

Je l'aime déjà, cette nouvelle saison. Je te baptise, ô saison de toutes les angoisses et de toutes nos passions. Je te cautionne, ma saison de cœur, saison de lumière, saison de moissons illimitées, de cérémonies tranquilles et discrètes dans le temps privilégié des Lwa retrouvés.
Il me l'a écrit, Damballah, le mystère Arc-en-ciel :

Femme, tu ES la Connaissance. Tu as déjà en toi les réponses à tous tes questionnements.

Femme, tu ES la réponse.

Et j'entends ce chant délibéré dans ma tête :

Wèdo m rele Wèdo

Ki lwa sa a Damballah Wèdo

Wèdo m rele Wèdo

Ki Lwa sa a Damballah Wèdo

M ape mande o ki Lwa sa a, yo di m se Wèdo

M vini mande pou Lwa sa a, yo di m se Wèdo

Wèdo m rele Wèdo

Ki lwa sa a, Damballah Wèdo

Que l'Or et le Diamant des Mystères Damballah nous illuminent, nous protègent et nous gardent préservés dans le miracle des Lwa.

Et nous écrirons, avec toi, les premiers mots, le verbe hors-temps, des centaines de milliers de fois millénaires, de notre passage sur terre.

Car nous sommes Eau et Air, Terre et Feu.

Nous sommes l'Éternité dans notre temps !

AWOSHE NAGO !

Lekòl Lwa yo se lekòl inivè a.

L'école des Lwa c'est l'école de l'Univers.

Marie Lourdes Jean Pierre Jarbath

L'Église Vodou d Ayiti

L'ÉCOLE DE L'UNIVERS, LEKÒL LWA YO

Ce récit est une nouvelle étape de mon parcours initiatique dans le domaine des Lwa. C'est aussi l'histoire de ma précieuse amitié avec la déesse de l'Amour, de la Beauté et de la Richesse, la Maîtresse Erzulie Fréda. Ce récit raconte le printemps de ma Foi dessinée à la lumière de la chandelle de la Maîtresse Erzulie Fréda.

Ce récit est un témoignage de ma reconnaissance éternelle envers tous les Esprits qui habitent nos *bitasyon* familiales et nos *lakou* depuis des millénaires. Ces pages racontent ma persévérance, ma ténacité à construire, en moi, toutes les vertus des Lwa en dépit des innommables barrières qui se sont dressées sur ma route pendant des décennies.

Ce récit est une grande étape dans mon itinéraire de vaudouisante : les Lwa m'ont ouvert les portes de l'école de l'Univers. Je suis aujourd'hui à l'école des Lwa. Les Lwa sont mes enseignants et des intermédiaires omniprésents dans ma vie. Et très peu de ce que j'ai appris à l'université des vivants m'a permis d'avoir accès à cette prestigieuse et mystérieuse enceinte de la Connaissance divine et illimitée.

Cette nouvelle étape, dans ma vie de femme servante des Lwa, est faite de grandes épreuves face à mes responsabilités assumées et mes croyances renouvelées. C'est aussi la période de trêve pour écouter et s'imprégner du discours et de la magnificence extraordinaire des Génies qui nous gouvernent et nous protègent. C'est la saison de l'acceptation totale de l'existence multi-dimensionnelle des vaudous. Cette étape est aussi et surtout le décryptage des lois des forces dominantes de la nature.

L'école de l'Univers, *lekòl Lwa yo*, consacre, pour moi, l'apprentissage de la mathématique rigoureuse et sacrée des Lwa et l'appréciation de l'histoire des Lwa sur des milliards d'années-lumière.

Lekòl Lwa yo c'est aussi une période d'effacement et de retrait, pour nous rapprocher des Lwa et de nous-mêmes ; période de moments précieux à préserver dans la pratique des cérémonies secrètes et discrètes, sur demande des Lwa de *bitasyon.*

L'école de l'Univers c'est le temps de la recherche de l'authenticité des Lwa, le temps des échanges pour comprendre et vénérer les Lwa. L'école de l'Univers c'est la préparation à l'éducation de toute prêtrise annoncée et du partage des savoir-faire et des secrets des Lwa. À l'école de l'Univers, les Esprits sont là pour nous rappeler que cette mémoire qui remonte dans nos rêves est la mémoire de nos Ancêtres apportée pour nous par les Lwa eux-mêmes.

Et les Esprits nous enseignent et nous rappellent que la puissance des vertus longtemps intangibles devient palpable et perceptible dans nos attitudes, notre conscience, notre façon d'être et d'exister.

Je veux parler de la puissance du dépassement de soi. Je veux parler de la puissance de l'amour. Je veux parler d'humilité. Je veux parler de générosité. Je veux parler de compassion. Je veux parler du don de soi. Je veux parler d'un bien-être collectif et d'un bonheur possible à inventer, d'un nouveau paradigme à façonner, pour nous et entre nous, sur la terre d'Haïti. Je veux parler de notre reconnaissance illimitée envers nos Lwa. Je veux parler d'harmonisation avec les Invisibles et le cosmos tout entier.

Les Esprits m'ont aussi enseigné ce principe irréfutable : aucun vivant ne peut s'approprier ton héritage parce qu'il est sacré, inaliénable, écrit et prescrit, pour toujours, dans le Livre de la Création. Les Esprits nous enseignent que nous sommes filles et fils des *Mystères* : nous sommes ce que les Lwa ont gardé dans les étoiles. Tu es qui tu es pour l'éternité. Nous avons pour obligation de faire le choix de changer notre mentalité et nos principes, pour aller très vite vers le meilleur de nous-mêmes.

Nous ne devons pas laisser les Lwa disparaître de nos vies, car ils sont les témoins de l'histoire de la Terre et de toutes les galaxies. Nous ne devons pas laisser les Lwa disparaître de nos vies, car ils sont les garants de notre culture et de notre héritage : le vaudou ancestral. Les Lwa sont notre mode de vie. Les Lwa sont notre environnement. Les Lwa sont aussi les vaudou gravés dans la matrice de la terre, dans la pierre, la roche, les bassins d'eau, les trous d'eau et les cimetières. Les Lwa sont nos *lakou*, nos *bitasyon*, nos *demanbre*. Ils sont le *potomitan* de nos péristyles.

Alors, notre Foi se recompose pour prendre la forme d'une croyance incorruptible, indéfectible et indestructible. Alors, notre Foi se renouvelle pour prendre la forme de Damballah Wèdo et Aïda Wèdo, mémoire androgyne incréée de l'Humanité, remembrée à chaque mue, à chaque peau, à chaque révélation, à chaque vérité.

Je remercie humblement les Lwa de m'avoir permis d'accéder à cette grande école initiatique où le savoir et la cognition sont secrets, sacrés, éternels et sans limite.

Poze poze moun sa yo poze

Poze poze moun sa yo poze

Moun sa yo k ap pale m mal

M p ap okipe yo

M ap voye nouvèl ba yo

Poze

LA SAISON DE LA TERRE

Et je rends à la Terre de Kouzen Zaka ce qu'elle nous a laissé en cadeau.

Et je demande à Kouzen Zaka, *Mèt Tè a*, le Maître de la Terre, que sa terre nous donne l'opulence, la richesse, la persévérance, la Foi, l'Amour et le droit à une fraction indescriptible de bonheur.

La Terre nous rappelle que le vaudou se manifeste par la nature. La Terre nous enseigne que le vaudou c'est la nature et le codage des principes cosmiques. La Terre nous interpelle et nous apprend que nous devons la connaître pour changer le monde.

La Terre ne nous appartient pas. C'est la Terre des Lwa.

Marie Lourdes Jean Pierre Jarbath
L'Église Vodou d Ayiti

J'embrasse la mémoire de la Terre
Et le miracle des Lwa
L'eau est ma demeure
Flamboyante et euphorisante

TERRE DES VAUDOU

Kouzen Zaka, tu as créé la terre des Lwa. Kouzen Zaka, Maître de la Terre, tu as inventé les principes, les richesses et tous les *Mystères* de la terre. Tu as donné à la terre le nom de *lakou*. Et dans ce *lakou*, les Lwa sont venus s'installer. Et dans ce *lakou*, tous les Génies ont créé leur propre univers avec leur propre paradigme. Et dans ce *lakou*, nous retrouvons dans les arbres, dans les rivières, dans les péristyles, les ravines et les puits, tous les parchemins et toutes les archives de famille laissées par les Anciens. Et dans ce *lakou*, nous interpellons notre histoire qui est unique, personnelle et collective, avec les Lwa.

Je demande à la Terre de nous pardonner nos errances, notre fatuité, nos ambitions démesurées. J'implore la Terre de Kouzen Zaka de nous permettre de remembrer nos valeurs, nos principes, nos croyances. J'embrasse le sol sacré des Lwa et de nos héritages de famille. Je vénère cette terre précieuse et noble imprégnée de la sagesse et de la grandeur des Lwa.

Je t'appelle, toi, Terre de merveilles immenses, Terre immatérielle et réelle, Terre créatrice d'univers, féminine et nôtre. Je te redécouvre terre des vaudou, terre de magie, engorgée des trésors imprenables laissés par les Lwa Eritaj.

J'ai apporté pour les Lwa Masa des offrandes, du pain, de l'*akasan*, des bonbons sirop, des bonbons sucrés, la cassave sel, la cassave douce. Je fais mes dévotions aux Lwa Masa de tous nos rites. Je vous appelle Masa kay, Masa bwa, Masa pay, Masa sou dife, *dosou, dosa, jimo, jimèl yo, Manman jimo yo.*

Nous sommes la terre des Lwa. Nous sommes thé gingembre salé et sucré, clou de girofle *pou kontre maladi* dans l'alternance de nos vies. Nous faisons tes louanges, terre éclose et retrouvée dans nos révélations, terre bonifiée chaque jour dans la bienveillance de l'astre solaire.

Kouzen Zaka, *Mèt Tè a*, je t'ai préparé ta boisson préférée au nom de ta terre sacrée et bénie. Je lave ta terre avec ton *kleren* à senteur de cannelle et anisette, pistache grillée, raisins secs et sucre roux. Kouzen, j'ai mis dans ton *kwi* ton magnifique *tchaka* préparé avec tous les produits de ta terre. Kouzen Zaka, je salue ta saison avec, sur mes lèvres, la saveur corsée de ton tabac parfumé des effluves des entrailles de tes précieux *jaden*.

Kouzen Zaka, Dieu créateur de richesses, partage avec nous tes moissons laborieuses et saines. Terre des médecines secrètes des Lwa, terre des bouteilles montées pour cent une maladies, terre de guérison, terre de santé, je te convie à partager notre repas et les rituels prescrits par les Esprits de la terre, de l'eau, de l'air et du feu.

Terre d'imprécations, de révoltes et d'insurrections surannées, je t'en supplie, apprends-nous à t'apprécier, apprends-nous à mieux te vivre. Terre de nos rêves de grandeur, enseigne-nous le vouloir aimer, la beauté intrinsèque et cachée du monde des Lwa.

C'est l'année de la Terre. Je sens le pouls de la Terre habitée et vivante. J'absorbe l'odeur de cette semence brune enfouie dans la membrane de la Terre vibrante. C'est l'année de toutes les renaissances. C'est l'année de toutes les initiations. C'est l'année de la Terre.

Je la sens sous mes pas, cette terre courageuse et forte, résiliente et précoce, amoureuse et fidèle. Je sens ma terre ensemencée de liminasyon et de rituels retrouvés.

C'est la saison de la Terre. Kouzen Zaka, ta terre ne nous pardonnera pas de l'avoir maltraitée, négligée et mal aimée. Ta terre nous jugera pour l'avoir manipulée, perturbée, violentée et mise de côté. Ce pays où nous vivons, cette terre d'Haïti qui nous ramasse et nous donne la vie, nous devons la mériter, l'idolâtrer de toutes nos forces et la préserver.

Je revendique chaque jour à chaque seconde cette portion d'île qui m'a vu naître.

Je revendique la terre des vaudou.

J'habite Haïti.

J'habite des territoires où les Génies ont enterré tous leurs secrets et ceux de l'Univers dans les entrailles de nos terroirs.

SUR DES BRAISES DE FEU

Bèl Fanm, regarde droit devant toi. Cette expérience que tu vis est ton parcours initiatique. Ton cheminement est ta vie avec tes Lwa. Sache que tu dois mériter cette nouvelle épreuve. Ta foi et ta conviction n'ont pas de prix. Ou renmen Lwa ou yo ? Ton amour pour les Mystères est sans limite.

Mwen se Ogou Feray. Je suis Ogou Ferraille. Yo rele m Ogou Feray. Yo rele m Towo a. On m'appelle le Taureau. Sur les braises ardentes et pourpres du feu de mon feray, nous t'enseignerons la vérité qui fait mal et qui blesse, la vérité qui libère et qui honore, la vérité qui protège de la médisance, la vérité qui régénère et magnifie, la vérité qui brûle, tue et revivifie.

Mwen se Ogou Feray. Tu me cherches depuis ta naissance.

Oba oba dènye

Nèg nago sa a mwen te pèdi a se li m ape chèche

Oba oba dènye

Oba oba dènye

Nèg nago sa a mwen te pèdi a se li m ape chèche

Oba oba dènye

Mwen pral brote dlo pou m touye dife a

Mwen pral cheche dlo pou m touye dife lwa m nan

Dlo a tonbe o kanari a la

Sa k ap gade djèvo a

Oba oba dènye

Nou rantre nan lakou a. Nou rantre nan djèvo a. Nous sommes entrés dans la *bitasyon.* Nous sommes tous entrés dans cette cour pour consacrer *Gran Bitasyon an. Tout Lwa yo jodi a yo kanpe avèk ou.* Nous sommes présents pour commencer avec toi ce nouveau chapitre.

Nous parlerons toujours en toi. Nous vivrons encore en toi. Et après cette nouvelle épreuve, nous serons pure énergie, à tout jamais inscrite dans ta chair. Nous investirons tes rêves. Ton sommeil sera le lieu de nos principes et de tes voyages. Nous t'accompagnerons partout et nous serons solidaires de toi dans ta vie de femme croyante et de servante des Lwa.

Tu nous prépareras les cérémonies et les services qui nous sont réservés. Tu dresseras nos tables avec les repas que nous aimons et les boissons qui nous ravissent. Nous danserons à nouveau sur nos rites des centaines de milliers de fois millénaires. Car nous sommes l'esprit des tambours et nous descendrons sur terre pour célébrer la nouvelle saison des Lwa. Tu es la Mètrès Èzili Freda. Grann Aïzan te sourit et te tend la main. Papa Loko a la clé des constellations. La Sirène te visitera. *Mèt Agwe* te charmera dans son onde verte et moirée.

Tu sauras comment vivre tes croyances, comment inviter tes Lwa Eritaj et comment parler aux Lwa. Sois généreuse et remplie d'humilité. Ouvre-toi à ceux qui te tendent la main et partage ta demeure avec les enfants des Lwa.

Regarde devant toi. Elle est difficile cette voie que tu as empruntée. Écris, écris aujourd'hui notre parole, cette parole intelligente et sacrée qui perdure au-delà des siècles du temps des vivants, car nous sommes l'Éternité dans l'Éternité des Lwa !

J'ai rencontré les Lwa Ogou.

J'ai rencontré mon Ogou à moi, *Ogou pa m nan,* le Roi qui parle aux étoiles.

AWOSHE NAGO !

LA TERRE D'HAÏTI EST LA TERRE DES DIVINITÉS

Kafou, ouvre-moi le passage (*Kafou, ban mwen pasaj*)

Kafou, je suis à la croisée des chemins.
Je cherche la terre de mes Ancêtres.
Kafou, ban mwen pasaj.
Donne-moi le passage
Je suis à la croisée des chemins.

KAFOU DEMANBRE

Chaque mot écrit sur chaque page de ce livre est un froissement d'étoiles, ces poussières d'Entités porteuses de lumière et dispersées dans la pénombre de nos vies et de nos cimetières.

Chaque page écrite de ce livre est une goutte d'eau jetée pour tous nos Lwa et pour nos Ancêtres immergés dans la jouvence de la Vie Éternelle.

Chaque chapitre de ce livre transmis par les Lwa nous emmène un peu plus vers la Vérité, la plénitude de la Vie et l'autre vie de la Mort.

Chaque moment de chaque chapitre de ce livre ouvert est l'histoire de ma Foi, dans la clarté irréversible et implacable de notre testament familial.

J'appelle Kafou, *Simityè, Gran Chimen.* J'appelle Legba. Je suis à l'entrée de la *bitasyon*, mon gobelet émaillé blanc rempli d'eau.

Je vous attends, Papa Gede, Mèt Bawon, Bawon Samedi. Kafou, *m ap tann ou.*

Grann Brigitte, Marjolaine Gede, je ris avec vous au milieu de ce repas partagé dans la terre de Kouzen Zaka.

Kafou o w a vini wè mwen Kafou w a pase wè mwen Kafou

Genyen maladi nan kay la (2 fois)

Kafou sa a kafou a danjere

Kafou o w a vini wè mwen Kafou w a pase wè mwen Kafou

Genyen maladi nan kay la

Kafou o se ou ki manman mwen se ou ki papa mwen

Se ou ki ban mwen tete

Kafou o w a vini wè mwen devan zo badji a

Lwa Kafou, je suis à la croisée des chemins. Je cherche la terre de mes Ancêtres.

Lwa Kafou, ban mwen pasaj. Lwa Kafou, donnez-moi le passage, laissez-moi passer.

Papa Legba, je ne te vois pas. Alegba, est-ce qu'ils t'ont oublié à l'entrée de nos *bitasyon*, au milieu des silences si chargés de lodyans, de *tire kont* et de danses-Lwa ? *Bosou, kote ou ?* Où es-tu ? *Mwen rele Bosou pa m nan, Bosou pa reponn.* J'appelle mes Lwa Bossou. Bossou ne répond pas. J'ai gardé mes Lwa Eritaj coincés dans nos péristyles, entre l'oubli imposé par le temps et le réveil de la mémoire complice.

Lwa Kafou, vous qui habitez *nan gran chimen, nan kafou kat chimin,* Lwa Kafou qui habitez au carrefour des Quatre Chemins, donnez-moi le passage.

Kafou rele Lwa e.

Kafou o fè chimen pou nou pase.

Mèt Bawon ban nou pase

Bawon lakwa di yo rele Lwa e

Mèt Bawon di la ouvè wout la e

Baron Lakwa, Baron Samdi, je suis tournée vers vous. J'ai les yeux fermés et j'implore votre permission, votre générosité, votre grande compassion. Il fait novembre et la vie m'appartient.

M di Lakwa ouvè wout la

Mèt Bawon Samdi di yo ouvè wout la o

Simityè, m di ouvè wout la pou nou pase

Papa Guédé, fais-moi danser sur ton rite qui déferle en moi. Désencombre ma pensée des mensonges, des tares, des vilenies et de l'hypocrisie malveillante et criminelle du monde des vivants. Guédé Nibo, habille-moi de tes foulards, dresse-moi aux couleurs de ta magie. Mauve, noir et blanc. Noir, mauve et blanc. Entraîne-moi dans ta danse de vie folle et libératrice. J'appelle Kafou, *Gran Chimen, Simityè.* Je suis au carrefour des hautes vérités. Je suis au carrefour où nous transcendons la matérialité implacable et rationnelle du temps, sur la route des *Mystères.*

Kafou, demanbre sa ou genyen avè mwem

Mwen ba ou manje ou pa vle manje

Kafou o, w a ban mwen pasaj

J'HABITE LA TERRE DES LWA

Je suis née au pays des Lwa. J'habite la terre des Lwa. Chez nous, au pays des Lwa, les Invisibles s'immiscent dans notre vie de tous les jours. Ils goûtent à nos repas, traversent notre sommeil. Les Mystères lisent dans nos mémoires et transforment nos attentes. Nous avons envers eux des devoirs et des droits. Ils nous donnent en cadeau d'énormes privilèges.

Ils sont toujours avec nous, les *Mystères*. Ils nous accompagnent partout, les *Mystères*. Ils ont parfois l'apparence de cette belle femme souriante au détour d'un sentier à la campagne, de cet enfant qui mange un morceau de pain sur le seuil d'une maison ou de cet homme fier et généreux avec son foulard rouge attaché autour de sa bouteille de tafia. Ils nous accueillent chaque jour dans l'éblouissement du soleil des Lwa Ogou.

Les Invisibles nous parlent, nous guident, nous évaluent. Ils ont la forme d'une sapotille, la couleur de *Madan Letan*, l'odeur de l'immortalité. Ils ont le goût du café amer et du café sucré que nous leur offrons sur nos tables rogatoires.

Les Mystères nous regardent aussi évoluer dans notre vanité. Il nous faut arrêter cette suspicion, cet étalage d'hypocrisie et de mauvaise foi quotidienne, ce déni qui nous est familier et si réconfortant. Nous devons mettre de côté nos intentions, manifestement malhonnêtes, notre passion pour déconstruire et détruire. Il nous faut enrayer notre refus de rechercher l'harmonie avec nos Lwa.

Chez nous, c'est le pays des Lwa. Au pays des Lwa, les vaudou nous invitent à écouter leurs messages et leurs paroles. Ils nous enseignent qu'il faut aimer, partager et mieux vivre ensemble. Ils nous inculquent la tolérance, la patience, la générosité.

Nous sommes nés au pays des Lwa. Nous sommes du pays des Law. Au pays des *Mystères*, nous devons apprendre le langage métaphorique des Invisibles et écouter les égrégores de la terre.

Au pays des Invisibles nous avons l'obligation de façonner un monde toujours nouveau, réel et vrai, un monde fait de paradoxes, de contradictions et aussi de bien-être. Quand aurons-nous le privilège et le bonheur d'apprécier et de comprendre que nous sommes tous issus de la Création ? Quand aurons-nous l'intelligence d'accomplir notre mission pour assurer notre séjour dans le monde des vivants et préparer notre traversée dans la réalité des autres dimensions ?

Nous devons prendre le temps de penser, de réécrire et de sacraliser notre histoire avec nos Lwa. Nous devons apprendre à assumer notre culture et à nous accepter dans la complexité de nos héritages. Nous devons développer des passions saines et des ambitions raisonnables. Nous avons l'obligation de dévoiler au monde, un jour, la grandeur des Lwa. Lwa yo gran. Les Lwa sont grands.

Nous avons tous rejeté, collectivement ou individuellement, une part du testament familial qui nous a été légué à la pleine lune, au milieu des grands bois. Et nous avons fait le choix de garder et de cacher au plus profond de notre être les vertus que les Lwa nous ont si précieusement gardées. Au pays des Lwa, nous sommes, tous, les héritiers naturels et légitimes de la terre sacrée des Lwa.

Et mon foulard blanc noué autour de ma tête enveloppe, dans ma chevelure grisonnante, la mémoire des Lwa Eritaj, absolument indivisible, irréversible et irremplaçable.

Mwen rele gwo Lwa yo.

TERRE-VÉRITÉ, BITASYON-PARCHEMIN

Terre-Vérité investie de la parole des Anciens, tu me tends la main. Je découvre l'abricotier millénaire *kote tout Lwa yo jouke.* Je découvre l'abricotier millénaire où logent tous les Lwa.

Je suis assise dans tes racines enivrées du miel de campêcher aux mille fleurs des Lwa, ce matin de décembre.

Et je te supplie, toi, l'arbre-reposoir, planté dans la terre de L'Asile, de révéler à tes enfants, à *pitit bitasyon an,* les secrets des Anciens.

L'ASILE DES ANCIENS

Je te nomme *Lazil*, L'Asile, mère et matrice des grandes vérités et de toutes les réponses. J'ai rêvé de toi toute ma vie. Je te trouve aujourd'hui, au sein de ces montagnes sevrées de soleil, familières et inconnues, habitées de sources intarissables. Je commence ce voyage mémorable à la recherche des Anciens.

Je retrouve, à chaque pas, des parcelles d'existence encastrées dans nos terroirs. Je sens tous les désirs. Je sens la présence feutrée des Lwa. À chaque passage, à chaque tournant, une anxiété folle m'envahit. Je sens naître en moi la fièvre et l'exaltation de ceux qui cherchent. Lazil, j'ai si peur de te trouver et de te perdre, à nouveau, pour toujours.

Papa Ogou, dis-moi, comment parler à des Ancêtres que je n'ai pas connus ? Comment leur dire que je viens de très loin et que je suis si près ? Comment reconnaître leurs visages qui traversent mes angoisses et me gardent captive depuis toujours ? Comment retrouver nos rites ancestraux et l'immortalité des *Mystères* enfouis dans ces terres nôtres, méconnues et délaissées ?

Et j'entends cette mélodie qui vibre dans mes viscères, qui sort de tout mon être ramassé et inquiet, et qui éclate dans ce matin aquatique :

Ogou o

Se ou menm ki mennen m isit pran ka mwen

Papa Ogou o

Se ou menm ki mennen m isit pran ka mwen

Pran ka m pran ka m Ogou o

Pran ka m pran ka m Feray o

Se ou menm ki mennen m isit pran ka mwen

Ogou o

Se ou menm ki mennen m isit pran ka mwen

Feray o

Se ou menm ki mennen m isit pran ka mwen

Feray o Feray o

Ogou o Ogou o

Feray o

Se ou menm ki mennen m isit pran ka nou

Feray o, m ap chèche bitasyon manman mwen. Ogou Ferraille, je cherche la bitasyon de ma mère. *M ap chèche bitasyon papa mwen.* Je cherche la bitasyon de mon père. *Kote bitasyon sa yo ye ?* Où sont-elles cachées, nos bitasyon familiales ? Où êtes-vous donc passées depuis tant de générations ? Pourquoi avez-vous enfoui dans cette terre noire l'opulence et les rêves de nos familles écartelées, fragmentées et dispersées ? J'interpelle les Anciens. Où avez-vous enterré les pierres-Lwa de nos badji ? Où avez-vous entreposé nos croyances, nos devoirs, notre spiritualité ?

Où sont les tables rogatoires, les péristyles et les oumfò des Lwa ? Comment avez-vous réussi à préserver pendant si longtemps les cruches et les lotions de Mètrès Èzili Freda ? Où sont cachés les tambours des Lwa ?

Papa Ogou, pourquoi m'as-tu amenée dans ces lieux que nous avons difficilement sauvegardés, au milieu de l'orage, dans la pénombre de nos souvenirs d'enfance ? Pourquoi dois-je faire ce voyage ?

Il y a une rivière tranquille au passage qui m'ouvre ses bras. Il fait soleil ce jeudi de décembre. Je suis sur la *bitasyon* des Anciens. Je ferme les yeux. L'ombre complice m'accompagne dans la fraîcheur de ces arbres séculaires qui me dévisagent tous pour la première fois.

Dans mes viscères et dans ma tête, il y a ce chant collé à mon histoire et qui enchaîne l'oracle des Lwa :

N ap antre o nan lakou a

M ape mande si nan pwen granmoun o nan lakou a (2 fois)

M di n ap antre o nan lakou Ginen o

Nou pral mande Lwa yo si nan pwen granmoun o nan lakou a

M di m ap antre o nan kafou Ginen o

Nou pral mande sanba yo si nan pwen granmoun nan lakou a ye

Bonjou manman o bonjou pitit fèy (2 fois)

N ap antre o nan lakou a

M ape mande si nan pwen granmoun o nan lakou a

Et je te découvre, enfin, terre d'eau, bitasyon habitée de Lwa Simbi et de naïades venues de contrées lointaines et mystérieuses. Je te vois, terre mienne, tu portes en toi l'odeur de la rivière Maho et de mon parfum préféré. Je te retrouve, terre familiale aux mille réponses, terre des Ancêtres où les Lwa Eritaj préparent la venue des générations d'abondance. Toi, ma terre, tu es restée fidèle aux Lwa de *bitasyon*, à leurs chants, à leurs senteurs et à leurs rituels.

M ap antre nan bitasyon an

M ap jete dlo pou lafanmi o

M ap antre nan bitasyon an

M ap jete dlo pou lafanmi o

Lafanmi se pa etranje m ye

Lafanmi se pa etranje m ye

Pran ka m nan bitasyon an

Et je te piétine, ma terre. Et je te foule aux pieds, ma terre. Toi, ma terre, tu as le goût de la vie de la terre et de la Vie Éternelle. Tu as l'odeur des cérémonies emblématiques mystérieuses et secrètes. Et je te touche, ma terre. Et je t'effleure, ma terre. Je te tiens dans la paume de ma main, terre bénie, accrochée à nos dévotions familiales millénaires.

Je te nomme aujourd'hui pour la première fois, toi, ma terre de regrets, terre de défaites, terre de désillusions et de grandes joies. Je te salue, terre du sang cent une fois révélée des offrandes à toutes les nations de Lwa. Je te désire, terre de bienfaits et de trésors inviolables. Je te redessine, terre nôtre frappée de la folie des sages, mirage retrouvé dans les tréfonds de nos héritages cachés.

Et j'entends, dans la clarté diffuse de cet après-midi d'hiver, un autre refrain au milieu des forêts réveillées :

Bonswa Papa Ginen

Bonswa Mèt Bitasyon

M ape mande kouman nou ye

Lazil des Anciens, L'Asile, terre-parchemin, terre-testament, terre-héritage racial, terre des écrits des Lwa, je te revendique pour nos enfants et nos petits-enfants. J'ai inscrit, en ce matin de décembre, sur la sève brûlée de tes arbres-reposoirs le message d'amour des nouvelles générations.

Atibon Legba louvri baryè a pou nou.

Alegba o w a di yo nou granmoun o

AWOSHE NAGO !

POUR CÉLÉBRER LA TERRE

Nous sommes venus célébrer la terre des Lwa. Nous sommes venus parler aux Anciens.

Nous sommes venus apprendre la mémoire des Ancêtres, célébrer le souvenir de leurs amours et de leurs passions, de leurs erreurs et de leurs folies. Nous sommes venus pour connaître leurs dévotions cachées et leurs secrets avec leurs Lwa.

Nous sommes venus célébrer nos *bitasyon*. Nous sommes la terre des Lwa Eritaj.

DANTI YO SE ERITAJ ZANSÈT YO (LES ANCIENS SONT L'HÉRITAGE DE NOS ANCÊTRES)

Danti yo, les Anciens, nous ont laissé leurs écrits dans les jarres, les *govi*, les cruches et dans les *plat masa* de nos *bitasyo*n et de nos *demanbre*.

Nos Ancêtres nous ont gardé des secrets insaisissables dans les bagues-Lwa, la roche, la pierre, la terre, l'eau et le feu. Les *kwi* et les assiettes rituelles restent des archives familiales porteuses des messages et de la providence des Lwa.

Les Anciens nous ont aussi gardé d'immenses trésors dans les cimetières abandonnés et dans nos révélations. Ils ont édifié leurs règlements avec leurs Lwa et ils ont inscrit nos devoirs dans les arbres sacrés de nos *lakou*.

Sur la boucle d'oreille du Lwa *koulèv* Damballah, nous avons inventé toutes les passions et tous les secrets des Lwa Eritaj.

MON PÈRE, UN HOMME FASCINANT

Quand j'ai eu 12 ans, j'ai développé une forme de fascination pour mon père et l'environnement qu'il avait créé autour de nous. À la maison que nous avons habitée pendant toute notre enfance, mes sœurs, mon frère et moi, je me souviens encore aujourd'hui de la musique classique qu'il écoutait invariablement les samedis et les dimanches.

Les auteurs compositeurs aimés de mon père ont toujours eu des noms difficiles à prononcer, à se souvenir ou à épeler : Tchaïkovski, Dvoràk, Brahms, Rachmaninov, Wagner, Liszt, Schubert, Bach. J'aime Mozart et Vivaldi : ils ont, tous les deux, des noms dont on se souvient toujours, avec des compositions sans doute plus faciles à absorber.

J'ai découvert l'humilité dans la musique du plus grand compositeur classique de tous les temps, adulé par mon père : Ludwig van Beethoven. J'ai su, en écoutant ses symphonies, que Beethoven et mon père étaient habités par les mêmes Lwa, par la même énergie pure et qu'ils ont été, ensemble, soudés dans la vie comme dans la mort.

Le rituel commence avec le calibrage de l'appareil de musique : c'est à la fois un art et un rituel sacré dans le rituel. Mon père nettoie le tourne-disque avec un tissu spécial pour le faire scintiller de mille feux. Puis, l'aiguille de l'appareil de musique est déposée sur le disque 33 tours qui commence à tourner. Il ajuste le son à ses énormes haut-parleurs. Puis, il lance la musique. Dès lors, tout au fond du salon noyé au milieu d'une terrasse de verdure luxuriante, il s'installe sur sa chaise papillon fait de toile de couleur rouge. Et il ferme les yeux. Mon père, à cette minute précise, est enivré, exalté, habité.

Et dès ce moment, son voisinage et tout le quartier respirent au rythme de ces symphonies vibrantes, aux mille sonorités qui éclaboussent la nature et le monde entier d'une lumière sonore et démultipliée, infinie et inoubliable…

Les *anolis*, sorte de petits lézards dans leur verte et superbe linéarité, heureux et sereins, envahissent alors l'espace empli de musique, la tête penchée pour écouter ces mélodies d'une pureté magique. De petites couleuvres habillées aux couleurs de l'arc-en-ciel s'enroulent dans les branches des campêchers séculaires pour savourer Brahms et Dvoràk dans un statu quo tranquille et serein.

Mon père nous a également appris à apprécier le jazz. Pour lui, le jazz, c'est la musique de ceux qui souffrent et cherchent la délivrance. Il adore Louis Armstrong, Harry Belafonte, Frank Sinatra, Quincy Jones, Marcus Garvey.

Mon père aime aussi la bossa nova. Il aime João Gilberto. Il répétait à haute voix les paroles de la musique de Vinicius de Moraes. La culture brésilienne l'a beaucoup impressionné : il a pu découvrir ce pays fascinant comme boursier stagiaire à l'atelier de l'architecte brésilien très connu Oscar Niemeyer.

Mon père nous a également enseigné comment aimer et vivre la musique haïtienne dans sa grande diversité. Nous écoutions les compositeurs tels que Guy Durosier, Pepe Bayard, Lumane Casimir, Manno et Marco. Quand il danse au son du compas direct mon père « tire des pas » tout seul avec une compagne invisible. Quand Nancy, ma copine de classe, venait travailler à la maison, mon père dansait avec elle. Elle riait aux éclats, heureuse d'être bercée avec une telle élégance !

Il nous a enseigné que la musique racine coule dans nos veines, malgré nous, depuis la nuit des temps : nous avons été créés avec cette musique dans notre ADN. Et puis, il nous disait toujours : *Fòk nou pa janm bliye ki moun nou ye, kote nou sòti pou nou konnen ki kote nou prale.*

La musique est pour nous une vertu, une attitude, un geste de partage et d'amour, une révélation qui ne finit pas, une source d'inspiration intarissable et inaltérable.

La musique a habité la terre des Lwa avant même la Création.

LA TERRE NE NOUS APPARTIENT PAS

À seize ans, je découvre une autre facette de mon père qui a un autre rituel dans sa vie : la pratique passionnée de son métier. C'est un ingénieur-architecte, un professeur d'université, un rude travailleur, insatiable, infatigable, imbattable.

Tous les matins, au petit jour, vêtu de blanc immaculé, il arpente ses chantiers. Il contrôle la conformité à son concept architectural, la qualité des matériaux, la rigueur de ses calculs. Il a le souci du détail et de la perfection. À la moindre erreur, il réprimande son contremaître. Tous les ouvriers de mon père ont cultivé à son endroit un mélange de peur, de profond respect et d'admiration, car mon père leur a donné le goût de la perfection et de la qualité de la vie.

Quand la nuit tombe, au retour de l'école, je retrouve mon père encore penché sur sa planche à dessin, qui est une table de travail spéciale, magique et irréelle. Assise à ses côtés, mon père me raconte la musique de ses croquis, la poésie et la douceur de ses mines HB, 2B, 6B. Il m'initie discrètement à l'art d'utiliser les rapidographes Berol Turquoise : j'apprends comment dessiner, comment pocher, comment créer la texture des ombres projetées en façade sud et ouest des constructions à ériger.

J'apprends à lire les plans d'architecture et à dessiner des perspectives à deux points de fuite. Il m'enseigne la fonctionnalité de l'espace et le principe de rigueur cosmique et universel utilisé par l'architecte Mies Van Der Rohe : Form follows function, la forme suit la fonction. J'apprends à connaître la nature et les positions du soleil. Car mon père est convaincu que le soleil nous transmet, à nous architectes, la puissance de feu des nations Ogou et des Olicha Nago pour mieux bâtir la terre des Lwa.

Avec lui, j'ai apprécié Le Corbusier, Frank Lloyd Wright, Oscar Niemeyer, Alvar Aalto, Eero Saarinen, Richard Neutra, Georges Candilis et Louis I. Khan. Mon père a aussi été le premier architecte haïtien que j'ai connu et mon architecte préféré : j'aime sa rigueur, sa classe, son élégance, la recherche dans ses édifices, son respect profond pour l'environnement et pour ceux qui vont vivre dans ses bâtisses.

Il m'a toujours fait ce rappel, mon père, comme un *pinga* : *Sache que ce lieu où nous vivons, cette terre où nous sommes nés, l'espace où nous évoluons nous a été prêté par les deux qui y vivent et qui sont en nous. La terre ne nous appartient pas. Nous devons protéger cette terre et en prendre soin pour la transmettre, intacte, aux générations futures. Cette terre d'Haïti est la terre des Divinités. Elle est magique. Elle est profondément mystique, la terre d'Haïti. Elle devient implacable et féroce quand tu la maltraites. Ne l'oublie jamais. Nous, les architectes, nous avons pour mission de la sauvegarder et de la préserver. C'est un devoir sacré et divin.*

Mon père nous a inculqué ses principes, son éthique, son humilité, son pragmatisme, son érudition, sa passion de créer et de toujours repousser les limites. Il nous a aussi transmis sa grande humanité. Il nous a enseigné la beauté, la rage de vivre et le droit d'avoir accès à une parcelle de terre à protéger.

Aujourd'hui, j'aime à imaginer mon père dans son monde invisible, qui bat la mesure en fermant les yeux comme il le faisait de son vivant. Je le vois. Oui, il est devenu, j'espère, un Lwa de la famille, notre Ancêtre. Oui, j'aime à imaginer mon père, devenu Lwa, comme une entité plaisante et pleine d'humour qui nous talonne, nous surveille et nous protège.

C'est toute cette mémoire vivante de mon père sur terre que j'ai précieusement gardée au plus profond de moi. C'est cet héritage qu'il a légué à ses enfants, ses petits-enfants et aux générations futures.

Papi, tu nous manques à tous. Papi, tu me manques tellement !

GEDE MAZAKA W A BAN NOU LAVI (GUÉDÉ MAZAKA, DONNE-NOUS LA VIE)

Toi, mon père, mon ami, qui es-tu ? Au temps des Guédés, je veux te faire une offrande, une dévotion spéciale. Maintenant que tu es devenu mon Ancêtre, raconte-moi ton autre histoire, la vraie histoire. Parle-moi de ta vie avec tes Lwa. Je veux savoir comment tu as vécu avec tes Lwa et comment tu les as servis.

Toi, mon père, mon ami, qui es-tu réellement ? Ce pantalon blanc et cette chemise de flanelle blanche que tu as toujours portés sur tes lieux de travail était-ce un hommage caché à tes Lwa ?

Est-ce la Sirène Sou Kongo qui t'a donné en cadeau son peigne tout incrusté de diamants portés par un crabe rose aux pinces d'or ?

Est-ce l'Architecte Damballah, le Lwa Koulèv, qui t'a dessiné dans ton sommeil tes rez-de-jardin, tes atriums et tes patios ? Ces espaces de vie que tu as conçus avec ce trop-plein d'amour, les as-tu visités en songe avec tes Lwa pour les imaginer et les concevoir ?

Est-ce la Maîtresse Erzulie Dantor qui t'a donné la précision et la rigueur de tes tracés mathématiques empreints de géométrie divine ?

Est-ce la Maîtresse Erzulie Fréda qui t'a visité dans ton sommeil toutes les fois que tu cherchais des réponses à tes questionnements ?

Est-ce Mèt Agwe qui t'a enseigné les secrets et la connaissance divine de la musique ? J'aime à imaginer que Papa Loko et Grann Aïzan t'ont insufflé la force de vivre avec tes Lwa Eritaj dans la plus totale discrétion, au milieu des vivants tapageurs et versatiles.

Aujourd'hui, je veux te dire que j'apprends à te connaître. Les Lwa m'offrent l'immense privilège d'appréhender ta quête, ton parcours, ta force, tes frayeurs, tes faiblesses et ta grande bonté. Aujourd'hui, j'ai la conviction que les Mystères me donnent le courage et la force de t'aimer comme je ne t'ai encore jamais aimé.

Les Lwa me permettent de te réinventer à la mesure de tes croyances et de tes principes. À la saison de Guédé Mazaka, je te retrouve au milieu des Lwa Bawon de la Terre et de l'Éternité.

À la saison des Guédés, je te retrouve pour la fête des morts. Je t'ai apporté ta belle bouteille de whisky Johnny Walker et mon gobelet en émail blanc rempli d'eau. À la lueur de ma chandelle allumée, je sais que Zansèt yo avèk nou. An nou ba yo manje. Les Ancêtres sont avec nous. Donnons-leur à manger.

Papa Gede mwen ba ou dlo
Papa Gede ban m lavi
Papa Gede ban nou lavi

Papa Guédé, je te donne de l'eau
Papa Guédé, donne-moi la vie
Papa Guédé, donne-nous la vie

Tu es la Mort
Tu es la Vie
Tu es l'Éternité
Gede Mazaka, w a ban nou lavi

Guédé Mazaka, donne-nous la Vie Éternelle.

ENTRE RÊVES ET RITUELS

Les rituels dans nos rêves sont l'expression immatérielle de l'histoire non écrite des Lwa.

Je m'empare de tes pensées, de tes pulsions et de tes silences.

Sache que les Lwa ne sont pas du monde des vivants.

Sache que nous venons d'un univers

Où tout est dans le temps des Lwa.

L'ÉCRITURE DE LA JARRE

Je sais qu'un jour
De l'écriture de la jarre jaillira
L'égrégore de tous les éléments
Qui réveillera en nous
Une forme de ravissement
Inaltérable
Mwen rele Gwo Lwa yo

FERAY O, OGOU FER

Lwa créateur du Feu

Assemble la terre de ta forge bénie

Ogou Fer, Ogou Feray

Tu me réinventes dans la splendeur des nuits

De cérémonie de longue haleine :

Feray o se pa Ogou pa m nan Feray o

Mwen di Feray o se pa Ogou pa m nan Feray o

Se pa pou tèt kabrit o

Pou m kite djab la manje mwen nan lakou a

Ala m t ap fè yon somèy dyab la vin manyen mwen

Nan dòmi m te ye yo voye sonde mwen

Ala m t ape dòmi dyab la vin manyen mwen

Nan dòmi m te ye yo voye sonde mwen

Feray o se pa Ogou pa m nan

Feray o

Mwen di Feray o se pa Ogou pa m nan

Feray o

NANM MWEN SE TANBOU LWA YO (MON ÂME EST LE TAMBOUR DES LWA)

Je te salue, Papa Legba. Legba Baryè, ba yo pase. Legba Barrière, donne le passage. J'allume le portail sacré des Lwa. Alegba, protecteur des carrefours, fait entrer les Lwa dans nos lakou et dans nos péristyles. Je te salue Atibon Legba. Kafou, ban mwen pasaj. Kafou, donne-moi le passage. J'appelle Damballah Wèdo. J'appelle Aïda Wèdo. Mwen jete dlo. Je verse de l'eau trois fois. Mwen jete dlo pour Atibon Legba, Papa Damballah, Mèt Kafou. Et puis j'entends le chant :

Mwen di Legba Baryè o Granmoun o

J'ai les pieds enracinés dans la terre des Mystères. Je suis attachée viscéralement à la terre des Lwa Racine, cette terre siro kann, rapadou et mazoumbèl. Je vis cette terre que les Lwa ont créée avec ses principes, son code d'éthique et ses règleman. Je parle à ma terre. Je chante les Lwa aux cent une couleurs de tous les Génies de la création.

Legba Baryè o granmoun o

Alegba w a di yo nou granmoun o

J'ai les pieds nus ancrés dans la terre des Mystères. L'eau de ma cruche tournoie, suspendue au son des tambours qui se réveillent en moi. Et j'entends dans ma chair une incantation triste et belle, voluptueuse et vibrante. Il y a dans mon âme, ce chant qui nous raconte que cette terre n'a pas été conçue pour engendrer la luxure, le mensonge, la violence, la haine et le chaos.

Oui, j'entends ce chant qui nous raconte l'histoire des Lwa. Oui, cette terre est créée pour scander la musique des tambours des Lwa. Et la voix des tambours rada roule et s'ajuste aux courbures de mon corps, dans la lumière du potomitan.

J'ai ma cruche d'eau à la main. Mes épaules se cambrent et je deviens Amour, et je deviens compassion et je suis, à ce moment précis, au temps des Lwa, l'alter ego d'une divinité que je ne connais pas. Je suis le tambour des Lwa. Je suis le tambour de la terre des Lwa. Je m'appelle

Tambour-Lwa. Mon âme est le tambour des Lwa. Nan m mwen se tanbou Lwa yo.

Et le tambour des Lwa, scintillant de son rite, implose dans mes tripes et me régénère de son allégorie brûlante et cassée :

Nou rive Agwe o

Nan kay Lwa o

Nou kanpe Agwe o

Nan kay Lwa o

Et je sens cette force convulsive envahir mes membres, ma forme, ma féminité, mon ardeur de femme vaudouisante. Je sens les Lwa s'insérer dans mes doigts, dans ma chair vibrante et mes artères palpitantes. Et j'accompagne les Mystères, malgré moi, dans leur entrée discrète et entière, totale et indivisible. Et le chant continue dans ma tête :

Agwe rive nan badji a

Et je danse autour du potomitan. Et la musique des tambours-esprits se greffe, une fois de plus, aux méandres de la terre réconciliée avec nous-Café amer, café sucré sur les tambours-Lwa dressés aux couleurs de l'arc-en-ciel. Et mes pas battent la mesure dans les pas des Lwa.
Et les tambours-Lwa ouvrent dans ma mémoire le passage des Lwa de bitasyon. Non mwen se Tanbou-Lwa. Je m'appelle Tambour-Lwa. Et le soleil entre sous ma peau, et la musique est mon corps. Je suis le Ciel. L'Univers n'a plus de limite.

Je suis née sous le rite rada. Je m'appelle Tambour-Lwa. J'ai les pieds mouillés qui piétinent la terre des Lwa. Je suis le tambour des Lwa, car mon corps se réveille dans la plénitude exquise de la transe.. Nanm mwen se tanbou Lwa yo. Mon âme est le tambour des Lwa. Je suis le tambour des Lwa. Non mwen se Tanbou-Lwa.

Agwe rive nan lakou a

Je suis immergée dans le bruissement atemporel d'une vague d'eau créée au son des tambours échevelés. Je suis l'eau. Je suis la vague. Je suis la Sirène. Et je me noie, une fois de plus, dans toutes les fissures de la terre réveillée et ouverte, humide et tendre. Et la musique des tambours-Lwa envahit ma ville et la conscience de ma ville, dans la surréalité suspendue et unique du moment des Lwa. Et l'esprit des tambours-Lwa absorbe ma conscience et mon histoire, ma croyance et ma Foi.

Èzili o ashade Lwa mwen

Damballah Wèdo

Sa rèd o

Erzili o ashade Lwa mwen

Damballah Wèdo

Sa rèd o

M pa manje anana m pa fimen sigarèt (2 fois)

M pa manje kokoye

Kouman lajan m fè manke

Maîtresse Erzulie Fréda, tu es là. Je te vois, Maîtresse. Tu es Air et Lune, Souffle et Vie. Tu te dévoiles dans la cadence effrénée des tambours au parfum de basilic. Et la musique inspirante des tambours s'accroche à mon souffle.

Nou rive Agwe nan basen Lwa yo

Étoile à huit branches, mon amour bleu roi, inscrit dans l'énergie des Lwa du Soleil, de la Lune, de la Terre et de l'Eau, je te sacralise. Étoile des sept vies, toi qui enfantes la lumière et les vertus universelles, je t'effleure du fond du bassin des Lwa. Étoile de vérité, dans le charme fragile des Mystères retrouvés, je t'invente, telle une arabesque infinie sur ta forme mouillée.

Et les gestuels de mon corps, chaque fois dessinés dans l'extase de la danse, recréent l'Humanité dans la mansuétude éblouissante des Lwa. Et je tourne et je danse au son de ma voix qui sort de Ta voix. Et je tourne et je danse dans la sensualité infinie et la verve inaltérable du rite rada. Et mon corps tout entier est envahi et tressaille dans la pluralité exponentielle illimitée de la Création.

Nou rive Agwe o

Nan kay Lwa o

Nou kanpe Agwe o

Nan kay Lwa o

Et le bassin des Lwa s'emplit de bijoux scintillants porteurs des secrets intouchables de Mèt Agwe Tawoyo. Nous sommes les gardiens de la terre des Lwa. Nous sommes les gardiennes des tambours des Lwa. Et la musique des tambours, telle une dévotion secrète et personnelle, nous connecte au temps présent avec les maîtres de l'Univers. Pour toujours.

Et les Invisibles ont dessiné

À l'eau de pluie

Une femme d'océan

Et d'aventure

À leur image

J'appelle les Lwa de l'eau

Et des abysses.

MANBO MAYA, ZANJ LWA YO

Il est minuit. Ce soir, elle est une princesse immergée dans un bassin d'eau sacrée. Elle est Sirène, elle est océan. Elle est poisson, elle est tous les secrets des Entités des mers.

Elle est semence de constellations et caresse marine. Elle est Eau, elle est Air et Terre. Elle est Feu. Elle est Femme, elle est Homme. Elle est Erzulie Fréda. Elle est Ogou Feray. Elle est l'enfant des Lwa.

Elle est senteur cannelle. Elle est café grillé aux aurores de chez nous. Elle est ananas, pomme cajou, corossol, cachiman. Elle est semence de la terre recréée aux effluves des poudres magiques. Elle est feuille d'oranger et de basilic à saveur de champagne et de Florida. Elle est fleur de rose parfumée aux fruits de la passion.

Elle est notre passé et notre futur, talisman sauvage et fragile dans un monde méchant et sans mémoire. Elle est Papa Loko dans sa robe blanche. Elle est magie sous la tonnelle des Lwa. Elle est innocence et générosité dans la lumière des Lwa.

Au milieu de tes cierges bénis, avec sur ta peau le souffle des Divinités, tu es, ce soir, l'Invitée de cœur des Lwa.

Tu prends ta route vers ta vie réelle, ta vie avec tes Lwa. Je te vois sourire à tes Lwa, je t'entends parler à tes Lwa, je te vois trinquer avec tes Lwa. Et je perçois au loin, très loin, au milieu du ressac et de la marée qui monte, ta crinière vagabonde dans la récurrence infinie des vagues qui t'enlacent.

Prêtresse réclamée, Manbo Maya, tu caches en toi l'âme des Mystères. Tu es la Mère de l'Humanité. Tu es femme-de-cœur. Tu es une perle rare dans un monde qui se construit. Je te salue, toi, *Zanj Lwa yo*, l'Ange des Lwa.

DAMBALLAH WÈDO MIWAZE

Tu es une coupe d'eau nue aux couleurs de pomme verte. Tu es ananas pain de sucre, champagne pétillant aux senteurs de sève brune. Fils des Mystères, tu es réinventé à l'image de tes Divinités. Tu es l'ami des Génies bâtisseurs dans une lumière scintillante d'aube fraîche.

Damballah Wèdo Miwaze aux cent une couleurs de l'arc-en-ciel des Lwa, tu es présent en nous, dans la famille des Lwa. J'implore, ce soir, le regard des Lwa sur ton incrédulité, sur tes rêves et sur tous tes désirs. Entre ciel et terre, je t'ai fait une dévotion, comme un hiéroglyphe, une écriture codifiée, dans la chair des Lwa. J'appelle Damballah Wèdo. J'appelle Aïda Wèdo. Damballah Intelligence, Damballah Miwaze, tu es la Connaissance, tu es le savoir, tu es la richesse.

Et tu construiras ton univers dans l'Univers des Lwa. Et tu vivras le monde des Lwa dans la recurrence de la Création.

Vibrant de nos attentes et de toutes nos convictions, j'entends ce refrain, écrit pour toi, sur l'arc-en-ciel des Lwa Damballah :

Wèdo mwen rele Wèdo o

Kï Lwa sa a Damballah Wèdo

M ape mande o ki Lwasa a, yo di m se Wèdo

Mwen vini mande pou Lwa sa a

Yo di m se Wèdo manman

Wèdo mwen rele Wèdo o

ki Lwa sa Damballah Wèdo

Je te demande, Papa Damballah, Lwa créateur de l'infinité de la Connaissance, Lwa guérisseur de nos misères et de nos maladies humaines, je te demande de nous garder des reliques de ta sagesse.
Ce soir, je vis ton miracle, mirak pa ou a, ton miracle à toi.

LA SIRÈNE-DIAMANT

Améthyste rutilante née des ondes abyssales, je t'ai vu arriver sur ta route ondoyante et pavée d'algues fraîches.

Aux portes des océans, telle une parenthèse irréelle, fragile et immuable, tu es à nouveau et pour toujours mon beau rêve turquoise.

SUR CES PÉTALES DE ROSES AU PARFUM D'AGOUÉ

Sur ces pétales de roses écarlates et vierges, j'embrasse toute la magnificence des Lwa d'océan. Ce soir, le ressac de la mer mouille la table des Lwa. Ce soir, l'immensité marine de Mèt Agoué Tawoyo captive nos âmes. Dans la brise de nuit, je vois la Sirène sur ses flots mouvants et lumineux. Dans ce verre de cristal scintillant d'eau de mer, Mèt AgouéTawoyo nous ouvre, aujourd'hui, les portes de son Royaume. Nou se pitit Lwa. Nous sommes les enfants des Lwa. Papa Agwe, nou se pitit ou. Papa Agoué, nous sommes tes enfants. Donne-nous ta bénédiction. Nou se pitit Lwa. Je te salue Onde royale des océans pluriels qui ramasse nos âmes dans ta barque fleurie.

Il y a de l'eau partout. Il y a de l'eau pour nous laver le corps. Il y a de l'eau pour purifier nos vies. Il y a de l'eau pour effacer nos angoisses et nos chimères. Il y a de l'eau pour calmer nos frayeurs et enrayer toutes nos dérives. Il y a de l'eau pour faire imploser notre Foi en nous, passionnément et ardemment.

Je te salue, Papa Agoué, ma tête inclinée sur ta cruche d'eau fraîche.
Sur ces pétales de roses écarlates et uniques, je m'imprègne du silence et de la beauté des Lwa. Ce soir, Papa Agoué, je te fais la révérence. Ton repas rituel, miroitant et discret, nous dévoile l'immensité des trésors accrochés à ta vague exigeante et bleue.

Nous avons retrouvé dans nos héritages tous les rites et toutes les vertus des Divinités de la Mer. J'entends cette allégorie aquatique qui nous intime d'inscrire en nous, chaque jour, la gratitude et l'abnégation que la terre exige.

Sur ces pétales de roses écarlates et vibrantes, je retrouve toutes les promesses des mers, suspendues au cœur de nos vies, ce jeudi de décembre.

ANID'AH, FILLE-LWA DE NOS ESPOIRS

J'ai ton regard de fille-Lwa, moitié enfant, moitié Lwa, enveloppée dans les 101 secrets des Génies qui t'ont imaginée. Tu es Manman Fèy. Tu es une mère spirituelle. Tu es Lwa-Masa. Tu es Ogou Batala. Tu es Erzulie Dantor. Tu es Papa Agoué Tu es Aïzan. Tu es matrice créatrice d'univers.

Fille-Lwa, tu es notre désir d'être, tu es compassion dans un monde tourmenté, avide et bouleversé. Fille-Lwa, tu nous rappelles l'empathie de la terre. Tu nous rappelles que la terre d'Haïti est nôtre.
Anid'ah, Fille-Lwa de nos espoirs, tu es mirage de vie.

Les Lwa seuls ont le secret de la Concorde et de l'Harmonie éternelle. Nous sommes des êtres pluriels. Nous sommes des Divinités. Et nous avons en nous des multitudes de dimensions que nous devons apprendre à découvrir, à aimer et à partager. Et les Lwa nous ouvrent les portes de la vérité et de la lumière, dans l'éblouissement de l'Être Suprême.

Mwen rele Gwo Lwa yo.

JE M'APPELLE ERZULIE FRÉDA

Je parle au nom des Lwa.

Je dis leurs attentes.

Je planifie leurs actions.

Je transmets leurs principes et leur mode opératoire.

Je suis directe, précise, concise.

Je suis le Verbe des Lwa.

Je suis au commencement de tout.

Je suis le Principe Divin.

Je m'appelle Erzulie Fréda.

Les Lwa seuls connaissent leur univers
L'infinité de leur vérité
La pluralité de leurs secrets
Et la magnitude de leurs pouvoirs.

MWEN SE ÈZILI FREDA (JE SUIS ERZULIE FRÉDA)

Je rencontre, ce soir, une Déesse, une impératrice. La nuit s'emplit doucement des cris de krikèt, de crapauds et d'anolis. Ils commencent tous à rêver. La ville entière glisse dans un sommeil tranquille. La lune, ce soir, est désirable, sidérale et merveilleuse. Elle est une constellation pulpeuse, diffuse, atemporelle. Tel un Gran Bwa, l'amandier de la cour se dresse dans la nuit profonde, ouverte et fidèle.

J'ai rendez-vous ce soir avec une reine. On l'appelle la Reine de l'Amour et de la richesse. On l'appelle la Mètrès Èzili Freda Je suis à la fois inquiète et remplie de bonheur. C'est la première fois. J'attends la *Mètrès.* Mon cœur bat et j'ai très peur. Fera-t-elle le déplacement pour me rencontrer ?

J'ai rendez-vous ce soir avec une Divinité. Que vais-je lui dire ? Comment lui parler ? Je lui dirai : *Mètrès*, je suis charmée, car c'est un privilège pour moi de vous rencontrer aujourd'hui ? Ou encore, je lui dirai : *Mètrès*, je vous ai attendue toute ma vie ?

Non, mais non ! On ne parle pas comme ça à une divinité ! Et puis, nous, les vivants, nous avons inventé et créé tellement de clichés dans notre représentation allégorique des Lwa ! Sera-t-elle parée de bijoux comme dans ces images qui marchandent sa beauté sur le parvis de l'église Saint-Joseph à la fête patronale de Torbeck ? Est-ce qu'elle se baigne avec la lotion de Florida et imprègne ses foulards de parfum Pompéia ? Comment parler intelligemment à une déesse et à une reine ? Je transpire et j'attends, impatiente et fébrile.

Je tressaille. Elle est là. Sous sa cloche de cuivre, ason pluriel et invisible, résonnent ma Foi, l'inconsistance de nos actes et l'insoutenable beauté du moment présent.

Elle est entrée. Elle est là. Je LA vois. Alors, je sens l'implosion de sa présence, son intensité, la magnificence de sa divinité. Elle me dit, avec beaucoup de séduction, d'une voix posée : *Kouman ou ye Bèl Fanm ? Ou byen ? Mwen se Èzili Freda*.

Je suis en tête à tête avec une Divinité. Elle s'appelle Erzulie Fréda. Elle fredonne une mélodie à voix très basse. Une mélodie qui emplit l'espace totalement. Et l'espace est démesuré et sa présence infinie, démultipliée, voluptueuse. Elle est belle, Erzulie Fréda. La *Mètrès* est hautaine mais aimable, directe et incisive. Je l'aperçois. Elle est ciselée dans une lumière bleutée sacralisée par le pouvoir de toutes les divinités de l'astral.

Et elle lance son chant :

Zanj o zanj o nou tout se zanj o

Zanj o zanj o nou tout se zanj o

Je suis fascinée par sa beauté. La Mètrès Èzili Freda est la matérialisation de ce que nous imaginons de la Beauté dans son expression la plus parfaite, la plus absolue, la plus totale et la plus incomparable : elle est la sophistication faite femme.

Avec son foulard blanc noué autour de sa tête, elle est toutes les galaxies de Lwa rassemblées dans sa jupe blanche aux couleurs du temps des Divinités. Elle est une Entité plurielle au parfum Occitane de Provence. Elle est la Mètrès des Lwa, dédiée au Grand Olohum.

Je la regarde, la *Mètrès.* Elle a les yeux fermés sur ma chandelle blanche allumée. Elle connaît mon histoire. Elle lit mon histoire. Elle EST mon histoire. Elle est toute ma vie en ce moment précieux qui ne reviendra plus. Car chaque moment avec un Lwa est LE moment. Chaque moment avec un Lwa est unique, avec une saveur, une couleur, une odeur, une texture, un message, un dessein.

Ses mots confirment ma quête, mon devenir, ma vie. Elle me conte le passé de mes Ancêtres. Elle me raconte l'histoire inédite de mes Lwa Eritaj. La Mètrès Erzulie Fréda sourit à la fraîcheur de mes illusions. Elle apprécie ma générosité. Elle s'étonne de mes défaillances : *Ou pa bezwen pè, sa ou wè a se li k ap fèt.* Ce que tu vois, sera. Nou la avèk ou. Nous sommes avec toi pour t'accompagner partout. *Pa ezite pale avèk nou.* N'hésite surtout pas à nous appeler quand tu en ressens le besoin.
Mètrès, je vis ta Beauté, cette beauté privée et féminine, cristallisée dans la senteur poivrée du passage des Lwa. Que ta splendeur nous envahisse, nous grise et nous émerveille pour toujours ! Que ta beauté

sans clivage, puissante et belle, nous guérisse de notre misère mentale et de nos faiblesses terriblement humaines !

Et puis, la *Mètrès* me dit dans un souffle, avec beaucoup d'élégance : On t'attendait depuis très longtemps. Tu es venue. Tu as fait le voyage. Tu es venue de très loin. Sous l'amandier, il y a eu un coup de tonnerre, c'est Ogou Feray qui te salue. Cette goutte d'eau sur ton bras, c'est Damballah qui te touche et t'effleure. Ce souffle de vent frais sur ta peau, c'est moi, Erzulie Fréda, qui te fait la révérence. Agoué viendra te visiter un jour dans le bassin d'eau de tes Lwa. Tu es belle, *Bèl Fanm*, tu es l'Eau. Tu es belle. Tu es tout l'héritage des Lwa qui sont en toi. Tes enfants sont mes enfants. Je te mettrai un jour entre les mains la magie de l'Eau, la puissance de la Terre, l'éternité de l'Air et la force du Feu. Fais ta dévotion, *Bèl Fanm,* je dois partir. *Mwen prale.*

Et, les yeux rivés à ma bougie allumée, je te parle à toi, *Mètrès.* J'invente, pour toi, la *Mètrès,* une dévotion silencieuse et palpitante, néanmoins palpable et mienne. Je te fais une dévotion dessinée comme un lierre dans le battement de ma Foi et des vertus des Lwa. Une dévotion écrite, comme un miracle accompli et qui me lie à toi pour toujours.

Au revoir, *Bèl Fanm.* Au revoir, *Mètrès.* Avant que tu ne partes, *Mètrès,* laisse-moi le soin de m'emparer tout de suite de ta beauté et de la préserver dans l'espace sacré des *Mystères.* Ce sera notre secret à toutes les deux.

Lwa yo se zetwal. Les Lwa sont des constellations.

Ce n'est pas un rêve. J'ai vu mon autre Moi. J'ai rencontré la *Mètrès.*

Et la lumière de la Maîtresse Erzulie Fréda
Implosera de tous ses feux
Sur nos vies ressourcées
Dans nos lakou refaits et nos bitasyon réinventées.
Et la beauté de la Maîtresse Erzulie Fréda
Effacera la fragile et très éphémère vérité
Du Mal.
Et la Maîtresse Erzulie Fréda nous rappelle que
Le malheur habitera pour toujours celui qui touchera
À la Femme qui aura enfanté l'Ange.
Car les Anges ont été créés pour préserver, en nous, les Génies
Et tous les paradigmes des Lwa.

MA SŒUR MAMBO AMARAH LIDAH

La Maîtresse Erzulie Fréda me dit, un soir, dans la splendeur de sa chandelle éternelle : Cette femme, *Bèl Fanm,* c'est ta sœur *marassa.* Vous êtes pareilles. Vous êtes faites de Lwa et de *Mystères.* Partage ta vie avec elle. Attache-toi à son histoire. Enivre-toi de ses paroles, de ses convictions et de son assurance. Abreuve-toi de sa force. Parle-lui de tes Lwa. Dis-lui ta Foi.

Raconte-lui tes révélations. Raconte-lui tes rêves pour ta famille, tes amis. Raconte-lui tes projets pour tes enfants, qui sont d'abord nos enfants. Elle te dira la force et la grandeur des Lwa. Elle te décryptera les pages de ton histoire. Elle t'éduquera à toutes les dimensions du vaudou. Tu sauras les contrées lointaines des *danti.* Tu sauras son humilité qui se couplera à la tienne.

Grise-toi de son verbe. Elle saura te réconcilier avec toi-même. Elle saura t'indiquer le chemin qui te mènera au royaume des Lwa. Accorde-lui ta confiance : elle va t'émerveiller. Elle te guidera. Elle te conduira à l'origine de toutes les vérités. Elle mettra sa main au feu pour toi. Elle franchira, pour toi, des rivières, elle trouvera l'eau des cimetières qui mène à la vie et à la mort. Elle te fera entrer *nan djèvo* le jour de ta renaissance.

Elle t'inspirera une meilleure compréhension de tes dévotions et de tes actions. Elle sera ton guide, ta conseillère. Elle est le portail secret qui t'amènera à tes Lwa.

Bèl Fanm, je te donne en cadeau ta sœur marassa. Je l'ai nommée pour toi. Elle est Mambo Amarah Lidah.

Elle est la SOURCE.

KISA LANMOU YE POU LWA YO ?
(L'AMOUR DU POINT DE VUE DES LWA)

Un jour, la reine mystique de l'Amour et de la Beauté m'interpelle, au milieu des étoiles :

Bèl Fanm, sais-tu réellement ce qu'est l'Amour ? Sais-tu ce qu'est l'Amour de notre point de vue, du point de vue des Lwa ?

Sache que, moi, Erzulie Fréda, j'ai inventé l'Amour. J'ai dessiné les lignes et les contours de l'amour à la manière des Lwa. L'amour est une vertu, une fortune, la providence. C'est un principe sacré qui se renouvelle et se magnifie à chaque saison des Lwa.

L'Amour, *Bèl Fanm,* t'invite à connaître les principes de la terre pour mieux célébrer la vie. L'Amour, *Bèl Fanm,* te porte à respecter la voix et le message du vent. Ouvre-toi au charisme des jours. Embrasse la ferveur des nuits de pleine lune empreinte de grande sérénité. Cette terre est un bijou précieux, un cadeau des Divinités. Cette terre est l'instant présent, à vivre ensemble et à partager. Dans cette logique, tu édifieras l'amour dans toutes ses dimensions. L'Amour, un jour tu le découvriras, est la fondation même de toute la pratique du vaudou.
Bèl Fanm, sais-tu que l'Amour n'est pas absolument lié aux valeurs et à des attitudes purement sentimentales ? Bèl Fanm, sais-tu que l'Amour est parfois en rupture avec toute forme de romance ? Bèl Fanm, il faut que tu le saches : pour exister et être réel, l'amour enterre la jalousie, la haine maladive et existentielle des âmes faibles et égarées, perverses et obscures, hypocrites et vengeresses.

Bèl Fanm, sais-tu ce qu'est la romance ? La romance, *Bèl Fanm,* c'est manger en tête à tête avec ton Lwa et lui parler. La romance, *Bèl Fanm,* c'est sentir la présence de ton Lwa qui, au moment présent, te regarde savourer la délicatesse des mets que tu lui as toi-même préparés. La romance, *Bèl Fanm,* c'est cette Entité mystérieuse qui te regarde sourire et qui est sous l'emprise de ton charme, de ton innocence, de ton humanité, de ta candeur et de ta loyauté envers tes Lwa. La romance, *Bèl Fanm,* c'est une forme d'énergie magnifique qui se délecte de ta présence matérielle dans son immatérialité. La romance, *Bèl Fanm,* c'est le bonheur d'être aimé et d'être protégé par tes Lwa.

L'Amour, *Bèl Fanm,* se construit sur l'intelligence collective, des dialogues intelligents, la dialectique et des discussions passionnées. L'Amour se construit sur l'Être, l'existence des Law, le respect des réalités terrestres, dans la rigueur implacable du temps.

L'Amour, *Bèl Fanm,* c'est la quête de la Foi, le désir de changer et de sauver des vies. L'Amour, c'est le bonheur de forger le bien-être des autres, c'est l'art du vivre ensemble, de la moralité et de la richesse spirituelle.

Sache que l'Amour, *Bèl Fanm,* est en rupture avec le mal-être. L'Amour, *Bèl Fanm,* efface la cupidité et les ambitions égoïstes, étroites et réductrices, ces sentiments malveillants qui ravagent la condition humaine. L'Amour, c'est la sublimation des mythes inaccessibles et mystérieux du vaudou quand les Lwa Ogou arrêtent les combats pour saluer les belles femmes traversant leurs champs de bataille.

L'Amour, *Bèl Fanm,* est la recherche de la perfection et de la perfectibilité de l'Être dans sa totalité intérieure et extérieure. L'Amour transcende les écritures, le verbe, le langage, la parole. L'Amour est un geste de grande générosité. L'Amour, c'est la tranquille fraîcheur du matin qui se réveille sur la transparence et la limpidité des sentiments humains. L'Amour, c'est aussi la beauté intouchable et la ferveur des crépuscules aux couleurs des Lwa de bitasyon.

L'Amour, c'est une alliance inaliénable avec les Lwa qui te réclament. L'Amour, *Bèl Fanm,* c'est toi et tes Lwa, aujourd'hui, dans ta lumière et l'incandescence de toutes tes vérités.

Je dépose sur ma table intime et personnelle
Ma romance longtemps sevrée
De l'éblouissement des vérités
Aujourd'hui miennes
Avec mes Lwa

MÈTRÈS, J'AI CHOISI LES LWA

J'ai parcouru des routes que je ne connaissais pas dans la torpeur des folles et interminables journées marquées des chants des Lwa. J'ai caressé la luminosité des nuits de *dans* dédiées aux *Mystères.* J'ai aussi franchi des contrées inexpugnables, garantes des écrits des Lwa.

J'ai fait la révérence à Damballah Wèdo et Aïda Wèdo. J'ai aimé Erzulie Fréda et Ogou Fer. J'ai traversé des passes d'eau, des rivières et des embouchures propres et impures. J'ai aussi dansé sous des tonnelles dressées pour Bossou Trois Cornes, Kriminèl Sou Dan et Bakoulou Baka. J'ai bu à des coupes votives infidèles et adultères. Je me suis baignée dans des bassins d'eau où des diablesses emprisonnées et recluses se sont noyées avec les Lwa Simbi Andezo. J'ai aimé la compassion infinie et la grande sagesse de mes Lwa de *bitasyon.* Mon Grand Maitre à moi vit dans le monde marin de Mèt Agwe Tawoyo.

Le chemin qui mène aux Lwa est-il toujours aussi long et périlleux ? Le diable m'a embrassée chaque nuit sans pouvoir s'immiscer dans mes questionnements de femme vaudouisante en quête de lumière. J'ai été livrée en pâture aux chimères dans un paradis de fausse plénitude paré de beautés surfaites et combien malveillantes. Il a fallu que j'aie été cent fois, mille fois humiliée, bafouée et rejetée pour que mon innocence me rapproche des Lwa qui me réclament. Il a fallu passer par cette voie fragile pour que le soleil me révèle la grandeur combien impénétrable des Esprits.

Je t'écrirai la grandeur des Lwa sur les cicatrices ouvertes de ma vérité pleinement retrouvée. Dans la magie des braises ardentes des Lwa du feu, je veux que tu saches que l'Univers tout entier et mes Lwa m'ont choisie. Je te dirai aussi les étoiles qui ont tracé ma route dans la durée de ce parcours initiatique. Je te dirai ma passion inconditionnelle pour les Lwa qui m'ont guidée sur cette voie qu'il fallait mériter.

J'ai cheminé avec mes Lwa. J'ai parcouru l'itinéraire qui m'a amenée à mes Ancêtres. Je suis arrivée à la croisée des chemins. Je choisis de rester avec les Lwa. Car mes Lwa m'ont donné comme présent le bel être que je suis et l'initiée que je serai un jour.

Je sais, aujourd'hui, que mes Lwa portent en eux la certitude de nos héritages, les miracles, les vertus et la Connaissance de tous les mondes et de tous les soleils.

Papa Loko, dans la force du vent, je t'interpelle :

Papa Loko ou se van

Pouse n ale

Nou se papiyon

N a pote nouvèl bay Agwe

Mètrès, je veux que tu saches : j'ai choisi de servir les Lwa.

J'ai choisi les Lwa, pour le futur de mes enfants et pour l'Éternité.

Ayibobo pou gwo Lwa yo !

LAKOU OU SE KONSYANS OU

Et la *Mètrès* Èzili Freda me rappelle :

Bèl Fanm, écris-moi ces mots que tu garderas précieusement dans tes carnets de textes.

Lwa ou se testaman ou

Bitasyon ou se testaman ou

Lakou ou se konsyans ou

Lakou ou se inivè a

Lwa ou yo avèk ou tout kote ou ye

Lakou ou se Lwa ou ki nan tèt ou

Lakou ou se ou menm ak Lwa ou yo.

Lakou ou se ou menm.

Ou se bitasyon an.

TON LAKOU C'EST TA CONSCIENCE

La Maîtresse Erzulie Fréda me rappelle :

Bèl Fanm, écris-moi ces mots que tu garderas précieusement dans tes carnets de textes.

Tes Lwa sont ton testament.

Ta *bitasyon* est ton testament.

Ton *Lakou* c'est ta conscience.

Ton *lakou* c'est l'Univers.

Tes Lwa sont avec toi où que tu sois.

Ton *lakou* c'est toi et tes Lwa.

Les Lwa qui vivent en toi sont ta *bitasyon.*

Tu es ton *lakou*

Tu es toi-même la *bitasyon.*

J'AI CONSTRUIT MA FOI

Je suis née de l'espoir inné et transparent issu de la terre de Kouzen Zaka. Je suis un fruit créé de la matrice du Génie Aïzan. Je suis au carrefour quatre sentinelles des attentes familiales et des horizons sans fin. Tu m'as appris, Maîtresse, que, dans le vaudou, nous existons à l'infini pour nous métamorphoser dans la pérennité et la conscience de notre âme. *Nanm nou pa janm mouri.* Notre âme est éternelle.

Alors, ma sœur, Mambo Amarah Lidah me rappelle : Accroche-toi aux étoiles. Elles sont tiennes. Elles t'appartiennent depuis toujours. Accroche-toi à ton pays. Accroche-toi à sa nature, à ses sources, à ses plantes, à ses *fèy nan bwa,* à ses étangs. Accroche-toi bien à ses montagnes, à ses mornes et à ses cimes irréprochables. Écoute le bruissement ensoleillé des rizières et des champs de canne-à-sucre. Écoute la voix de l'air gavé des cerfs-volants des enfants de nos quartiers.

Entends le murmure cristallin de l'eau qui coule sur nos dévotions. Caresse la volupté enivrante et sensuelle du feu de Mèt Ogou Feray. Apprécie la brise qui te côtoie et t'enivre des secrets de Papa Loko. Sens la morsure du présent que tu vis avec tes Lwa, car ce temps est ton moment, et il ne reviendra pas. Chaque instant de ta vie est l'instant de tes Lwa. Chaque moment de ta vie est une faveur de tes Lwa. Empare-toi de ce pays d'où émane le parfum des Lwa, car cette terre, ma terre, elle a le goût des Lwa et l'odeur des Divinités.

Les Lwa codifient nos certitudes, notre existence et notre conscience. Être vodouisant c'est avoir aussi et surtout la conviction et le besoin, l'immense privilège de se connecter avec tous les mondes dans l'univers des Lwa.

J'ai su que la plus grande des magies est de connaître et de déchiffrer les Danti, les Ancêtres, qui sont les archives de la famille. J'ai su que la plus grande des magies est d'harmoniser la famille, comme un devoir sacré, inaltérable, incontournable.

Oui. Ma Foi s'est construite dans la douleur et l'épreuve. Ma Foi s'est construite dans l'effort de vivre. Un effort de vivre et de comprendre qui m'a rendue surhumaine, invincible, imbattable. Un effort de vivre qui se conjugue pour combattre la persistance et la récurrence du mal. Un effort de vivre qui est décuplé par l'accompagnement des Lwa. Un effort de vivre intense et passionné qui se retrouve dans chaque instant de ma vie avec mes Lwa. Un effort de vivre qui me donne la force de chercher la lumière quand il fait sombre et de parler aux Esprits quand il faut trouver le chemin de ma vérité.

Et cet effort de vivre et d'apprécier ce qu'est la Foi m'a traversée et m'a tenue éveillée dans le jardin du diable, au milieu des prédateurs, des vautours, des charlatans et des chacals. Oui. Je sais que les Lwa m'ont aidée à construire ma Foi, malgré toutes les blessures et les humiliations que le temps m'a infligées.

J'ai construit ma Foi, animée du désir ardent de combattre le mensonge, la duplicité, l'hypocrisie haineuse et sournoise de tous ceux et de toutes celles qui pensent pouvoir contrôler notre âme, notre dignité, notre conscience, notre devenir.

J'ai édifié ma Foi dans des mares de boue rédemptrices et régénératrices, porteuses des trésors immuables des Lwa.

NOUS SOMMES LE PÉRISTYLE DES LWA

Alors, ma sœur, Mambo Amarah Lidah, me dit : Ce monsieur, cette Entité habillée tout en noir avec son chapeau, que tu as vu en songe, c'est Papa Guédé. C'est son temps et son moment. C'est le Papa Guédé de ton héritage, celui-là même de ta *bitasyon.*

Tes Lwa te suivent et te montrent le chemin. Ils sont avec toi. Ils sont en toi. Lwa *yo toujou avèk ou.* Même si tu ne peux plus aller sur la *bitasyon* familiale parce que, parfois, les ambitions démesurées des uns et des autres ont tenté de tout effacer, sache que Lwa Eritaj *yo toujou avèk ou.* Les Lwa Eritaj attendent leur moment. Ils te regardent et te protègent. Ils évaluent tes convictions, ta Foi, ta persévérance, ta constance, ton assiduité.

Tes Lwa sont avec toi parce que tu leur dédies des services et des offrandes. Quand tu fais tes devoirs et des actions de grâce, tes Lwa deviennent plus actifs. Tes *Mystères* sont vivants et réels, en toi et dans ta vie. Tu n'as jamais hésité à leur préparer leurs repas rituels, les *manje* Lwa, à *jete dlo* pour eux, à faire les libations d'usage. *Lwa yo antre.* Les Lwa sont là. Ils sont avec nous.

Sache, me dit ma sœur Mambo, que les Lwa ne sont pas contraints à une limite physique ou assujettis à un lieu précis dans l'espace. Les Lwa sont en nous. Les Esprits vivent en nous, dans nos familles. Nous avons tous l'opportunité de découvrir les aspérités et les contours du monde invisible à travers leurs paroles, leurs chants et leurs allégories. J'ai, moi aussi, appris à aimer et à apprécier les Lwa de mon héritage avec beaucoup de respect et d'humilité.

Les Lwa sont l'Univers et le Cosmos. Ils sont aussi dans cette *kay* Lwa que tu leur as consacrée. Et ils habitent à nouveau cette *bitasyon* que tu as bornée avec tes gad et tes Lwa Guédés. Et tu deviens, toi-même, la *bitasyon* que tu as construite, *nan kondisyon Lwa yo*, selon les principes des Lwa.

Écoute la voix de tes Lwa. Connais l'histoire de tes Lwa. Ton patrimoine est ton histoire Cherche ton héritage, car ton héritage est ta plus grande vérité. Ton héritage est aussi ton chemin vers l'Éternité. Sache que les rituels des Lwa sont déjà en nous. La mémoire acquise des rituels est déposée par les Lwa dans nos vies, avant même notre naissance. Sache que nous avons en nous l'ADN vibrant des Lwa. Nous avons tous, en nous, une part du Divin.

Nous sommes le péristyle des Lwa.

J'AI INVENTÉ MON DIEU À MOI

J'ai inventé mon Dieu à moi. Il est dans ma civilisation et dans ma vie de tous les jours, mon Dieu à moi. Il est beau, mon Dieu à moi : je l'appelle le Grand Maître. Mon Dieu à moi, le Grand Maître, il a l'image des Lwa dans mes rêves. Mes Lwa sont de toutes les formes et de toutes les couleurs. Mes Lwa viennent de partout et de toutes les galaxies.

Le Grand Maître est l'orage pendant la pluie. Il se promène sur la terre de Kouzen Zaka. Il est le feu purificateur des terroirs brûlés qui se régénèrent. Il est toutes les senteurs et toutes les voix qui visitent nos bitasyon. Mon Grand Maître à moi vit dans le monde marin de Mèt Agwe.

J'ai inventé mon Dieu à moi. Le Grand Maître n'est pas un Dieu unique. Il s'est entouré d'une pléiade de divinités, car il est un Être créateur et rassembleur. Le Grand Maître a imaginé des divinités multiples. Et toutes les divinités ainsi créées ont conçu leurs propres univers avec leurs propres paradigmes et leurs propres principes.

Le Grand Maitre est l'Être Suprême qui supervise et coordonne tous les univers des autres Génies de la Création. Mon Dieu à moi est l'Eau, l'Air, la Terre et le Feu. Le Grand Maître est à l'image du soleil, des arbres, des fleurs, des sources, des rivières, des plantes, des rizières, de la lune et des astres. Mon Dieu à moi m'a été donné par les Anciens et nos Ancêtres.

Mon Dieu à moi ne juge pas mes actions. Je reste ce que je suis et je deviens perfectible dans l'étincelle de ma Foi et la lumière de son Verbe. Mon Dieu à moi s'appelle Papa Damballah, Kouzen Zaka, Papa Legba, Papa Loko, Papa Ogou, Mèt Agoué. Mon Dieu à moi s'appelle Grann Aïzan, Erzulie Fréda, La Reine Dantor, Erzulie Je Rouj, La Sirène. Mon Dieu à moi s'appelle Ogoun Oshun. Mon Dieu à moi s'appelle Kafou Marasa, Bawon Samdi, Guédé Mazaka. Mon Dieu à moi retrouve les 101 visages démultipliés d'entités qui se recréent à chaque dévotion, à chaque rituel et à chaque révélation.

Mon Dieu à moi a imaginé des divinités plurielles et éternelles pour nous apprendre à aimer.

"Le vaudou nous enseigne que
la misère n'est pas une vertu."

Marie Lourdes Jean Pierre Jabarth
Église Vodou d'Ayiti

LA MÉMOIRE DES LWA

Alors la Maîtresse Erzulie Fréda me dit : *Bèl Fanm, un jour tu seras initiée. Et ce jour-là, tu découvriras le don des Anges. Alors, tu sauras que l'initiation c'est le chemin vers ta renaissance et la Connaissance de tes Lwa. L'initiation te donnera la clé pour ouvrir toutes les portes des Mystères au moment opportun. Tu sauras le langage des initiés. Tu seras les symboles du monde des Lwa. Nous écrirons avec toi les 101 livres sacrés des nations de Lwa.*

Bèl Fanm, aujourd'hui, je te confie l'écriture de ce livre, tu l'appelleras : La mémoire des Lwa. Tu l'écriras page par page, chapitre après chapitre. Ce livre, tu l'écriras à la tombée de la nuit, au petit jour, dans la ferveur des couchers de soleil aux couleurs des Lwa Ogou. Chaque mot de ce livre aura une valeur mystique et symbolique portée par les Esprits eux-mêmes.

Ce livre, tu l'écriras dans ton sommeil, car nous t'enverrons visiter les planètes que nous habitons très loin de la terre des Lwa. Ce livre inscrira, entre les lignes, les privilèges et les secrets donnés par les Lwa aux élus et aux initiés. Ce livre, nous l'écrirons avec toi : il sera notre répertoire que nous te confions. La rédaction de ce récit est un geste culturel, un geste d'amour et de générosité, car nous t'avons donné en cadeau le génie de l'écriture.

Ce livre raconte que le vaudou c'est le culte des forces dominantes de la nature. Ce livre raconte que le vaudou c'est aussi l'ordre, la discipline et le respect des grands principes cosmiques. Ce livre, Bèl Fanm, dévoile et enseigne la sophistication et la complexité du principe divin.

… Et j'ai entamé l'écriture de ce livre inscrit dans ma tête par les Lwa eux-mêmes. Et puis, je suis rentrée dans le vortex des écrits des Lwa. Je regarde autour de moi. Je vois des mots partout. Je voyage au milieu des vocables qui dessinent une allégorie. Dans mes révélations je vois des marques, des gravures et des graphies sacrées.

Je découvre l'écriture des vèvè qui EST le Lwa au moment où il est dessiné. Et je retrouve dans les vèvè toute la sémiologie et la haute magie des Lwa. Et chaque étoile raconte les Génies de la Création et les Esprits de nos Ancêtres.

Il y a tout plein de lumière dans la tanière des mots. Je décrypte la mémoire des Lwa. Je lis les textes immatériels reconstitués par les Lwa eux-mêmes au moment des rituels ou des dans-Lwa. Dans cet espace suspendu où je me retrouve, chaque mot a sa propre texture, sa propre forme, sa propre couleur, sa propre signification. Et les mots attendent que je les réécrive pour les ancrer dans leur réalité atemporelle. Et l'objectivité des mots ainsi créés devient une révélation, un passage, une vérité.

Je suis entrée dans le temps de mes révélations, au rythme des Invisibles. Les mots prennent la forme de la réalité des Lwa. Je vis au temps des Lwa. Il y a des Entités partout. Je les vois s'harmoniser avec moi : elles épousent mes formes, ma nature, mon âme.

Je ferme les yeux et je vois. Je vois la Sérénité. Je vois la Magnanimité. Je vois l'Amour. Je vois la Compassion. Je ferme les yeux. Il y a de la gratitude dans les mots qui m'enveloppent. Il y a de la compassion dans les mots qui m'entourent. Et je suis imprégnée de la plénitude des Lwa. Et je prends l'odeur des Lwa. Et je touche aux vertus des Lwa. Et les vertus des Lwa se dématérialisent à chaque révélation, à chaque image, à chaque mot qui s'accroche à mon âme.

Il y a Haïti-Aïzan-Isis qui se dresse sur mon chemin. Je suis une prêtresse. Je suis vêtue d'or et d'améthyste. J'ai des bracelets aux poignets et aux avant-bras. À mon annulaire gauche, la bague torsadée de mes Lwa, comme une étincelle, me ramène à mon temps. Et je vois toutes les Entités royales de mon héritage. Je les imagine, mes Entités, elles sont belles, magiques et irréelles, hors-temps dans l'espace-temps et la dimension des Lwa.

Je me retrouve au milieu des grands prêtres. Ils sont sobres, beaux et magnifiques. Je suis avec les Anciens. Il y a de la lumière, beaucoup de lumière. J'ai vu mon double. Mon autre moi, cette prêtresse nubienne habillée de brillance, d'or et de turquoise. Il y a le dieu Anubis aux portes de mon temple. Je vois ma chevelure, des tresses brunes, raides, ceignant mon front altier. Je suis dans mon autre vie. Je suis une prêtresse.

Je vois aussi de très belles vieilles femmes, Lwa Grann de nos héritages, dodelinant lentement dans la simplicité et la grandeur de leur sagesse.

Je veux parler aux Ancêtres et leur signifier que je suis arrivée au portail des Grandes Vertus.

Et la *Mètrès* Èzili Freda me rappelle : *Bèl Fanm, parle à tes Lwa, chante avec tes Lwa, danse avec tes Lwa. Écoute leurs paroles sacrées. Écoute les chants de tes Lwa, car les chants des Lwa racontent l'intelligence et la mémoire des Lwa, leurs principes et leur éthique.*

Et Papa Damballah inscrit dans la terre le message annonçant que tu vas enfanter.

Et j'ai su, dès ce jour-là, que je porterai toujours en moi la terre de Kémèt.

« Nou se retay bon twal. »

Proverbe haïtien

"Be humble for you are made of earth.
Be noble for you are made of stars."

« Soyons humble parce que nous venons de la terre
et noble parce que nous venons des étoiles. »

Proverbe serbe

GLOSSAIRE

Le glossaire a été préparé par Marie Lourdes Jean-Pierre Jarbarth, spécialiste en communication, Mambo et Suprême Servante de l'Église Vodou d'Ayiti.

Ayibobo
Acclamation de joie du rite rada du vodou. Les vodouisants lancent cette acclamation entre plusieurs chants vaudou ou pendant les cérémonies.

Badji
Sanctuaire à l'intérieur d'un temple vodou. Ce sanctuaire a plusieurs autels ou pewon (voir *Pewon*) dédiés aux Lwa. Sur le pewon sont déposés des objets sacrés et consacrés liés à la religion vaudou. Parfois, on y retrouve des dessins ou des peintures, à même l'autel, qui représentent les Lwa et leurs symboles.
Il ya parfois dans le badji un bassin d'eau pour les Lwa Damballah. Il y a aussi un espace où sont placés les accessoires et les vêtements des Lwa pour les cérémonies.

Bawon
Les Lwa Bawon sont des Lwa protecteurs. Ils sont considérés comme des gardes (*Gad*). Ils habitent, en général, les cimetières (voir *Simityè*). On retrouve dans la famille des Lwa Bawon : Bawon Samdi, Bawon Lakwa et Bawon Simityè considérés, comme une seule divinité. Les Bawon font aussi partie de la famille des Guédés (voir *Gede*). Les Lwa Bawon sont considérés comme les Lwa de la terre. Ces Entités ont un rapport unique avec la terre.

Bèl Fanm
Belle femme. C'est une appellation à la fois respectueuse et affectueuse utilisée par les Esprits ou les Lwa quand ces Esprits s'adressent aux femmes.

Bitasyon
Espace de vie habité par une ou plusieurs familles. La *bitasyon* est constituée également d'espaces réservés pour les Lwa. C'est dans la bitasyon que les anciens pratiquaient leurs cultes et leurs rituels. On y trouve des arbres reposoirs centenaires, des *lakou* (voir *Lakou*) avec une végétation luxuriante, car la nature est intouchable dans une *bitasyon.*

On trouve aussi dans la bitasyon des lieux consacrés à la tenue des rituels : *kay Lwa* (voir *Kay Lwa*), *badji* (voir *Badji*).
Il existe deux catégories de *bitasyon* : la *bitasyon* du côté de la mère, *bitasyon bò manman*, et la *bitasyon* du côté du père, *bitasyon bò papa*.

Cheval Bondye / Chwal bwa
Insecte qui s'apparente à une sauterelle ailée ; il est aussi appelé *chwal bwa.*

Dans Lwa
Cérémonie tenue en l'honneur des Lwa. On appelle ces cérémonies des dans parce que, dans la pratique du culte vaudou, les danses, les chants, la musique des tambours, accompagnés de la gestuelle des tambourineurs, est aussi une façon de vénérer les Lwa. Le vaudou est une religion vivante, théâtrale, vibrante de chorégraphies sacrées et de chants qui témoignent des qualités et des vertus des Lwa.

Danti yo
Très anciens ancêtres servis et vénérés par les membres des familles. Les *danti*, encore vivants, sont porteurs des grands secrets des héritages familiaux. Ces anciens restent des références incontournables dans les familles surtout pour les initiés, les houngans et les mambos. Les *danti* ont tellement bien servis leurs Lwa qu'ils travaillent de concert avec l'Être Suprême. Ils détiennent les secrets de la Vie, de la Mort et de la Vie Éternelle.

Demanbre
Littéralement, ce mot signifie « sans membre ». Le *demanbre* est une *bitasyon* (voir *Bitasyon*) inactive qui a été abandonnée par les familles qui y vivaient. Également, ceux qui vivaient dans la *bitasyon* sont tous morts et il n'y a pas eu de relève ou de transmission directe de la gestion de la *bitasyon* aux nouvelles générations. Il n'y a plus de présence physique des membres de la famille dans un *demanbre.*
Des cérémonies peuvent être faites pour remembrer le *demanbre* qui redevient alors une *bitasyon* active et fonctionnelle.

Djèvo

Salle consacrée, dans le temple vaudou ou hounfort (*oumfò*). Le *djèvo* est un espace réservé pour la tenue des cérémonies d'initiation. On retrouve dans le *djèvo* les accessoires, les objets sacrés des Lwa et leurs accoutrements respectifs et spécifiques destinés aux rituels d'initiation.

Dosa

Enfant de sexe féminin qui naît après des jumeaux ou *marasa* (voir *Lwa masa* ou *Lwa marasa*). Les *dosa* ont autant de pouvoirs que les jumeaux.

Dosou

Enfant de sexe masculin qui naît après des jumeaux (voir *Lwa masa* ou *Lwa marasa*). Les *dosou* ont autant de pouvoirs que les jumeaux ou *Lwa marasa.*

Le *dosou* est aussi un Lwa enfant associé aux lacs, aux étangs, aux sources et aux rivières.

Gede (Guédé)

Esprits du vaudou haïtien qui font partie de la famille des Lwa Guédés. Ce sont des Lwa protecteurs. Dans le vaudou religieux, les Lwa Guédés symbolisent la pureté, la réincarnation, la renaissance ainsi que la Vie Éternelle et l'immortalité de l'âme.

Les Lwa Guédés ne viennent pas des cimetières et n'habitent pas les cimetières. Ce sont des Esprits qui viennent d'un autre monde, des profondeurs de la terre et de l'eau.

Ce sont des Lwa grivois qui se recouvrent le visage de farine blanche et s'habillent aux couleurs mauve, noire et blanche.

Govi

Cruche en argile qui contient les secrets et l'essence des Lwa du panthéon vaudou et des ancêtres.

Rituel *Nan govi* : Cette cruche spéciale, avec la large ouverture à son sommet, au cours d'une cérémonie (ou un rituel) appelée *nan govi*, permet de communiquer avec les Lwa et nos ancêtres. Les Lwa et les ancêtres parlent à travers le *govi* pour donner des messages aux familles ou assurer la transmission des traitements aux initiés ou aux membres de la famille.

Jete dlo

C'est le fait d'arroser le sol d'eau à l'aide d'un gobelet ou une cruche pour souhaiter la bienvenue à un Lwa ou à un invité. C'est une forme de libation pour demander passage aux Lwa et pour faire ainsi appel à des méthodes surnaturelles. C'est une libation faite pour consulter un prêtre ou une prêtresse vaudou ; pour inviter les Lwa à entrer dans un *lakou*, un hounfort, un *demanbre* ou une *bitasyon*. C'est aussi une gestuelle qui annonce le commencement ou l'ouverture de beaucoup de rituels dans le vaudou.

Kafou / kalfou / Lwa Kalfou

Le *kalfou* ou *kafou* c'est le carrefour, le lieu où tous les chemins se croisent. C'est la croisée des chemins. Dans la pratique du vaudou, le carrefour représente le lieu de rencontre des Lwa, des ancêtres et des vivants.
Les *Lwa Kalfou* se situent et se tiennent à la croisée des chemins. Ils donnent le passage aux Lwa, aux ancêtres et aux vivants.

Kafou demanbre

Lwa Kafou qu'on retrouve dans l'héritage de certaines familles.
Ce Lwa se trouve sur le chemin qui mène à l'entrée d'un *demanbre* (voir *Demanbre*) ou à un carrefour. C'est une Entité qui se positionne à la croisée des chemins, un Lwa protecteur de *demanbre*.

Kay Lwa / Kay mistè

Espace indépendant et isolé dans une *bitasyon* ou un *lakou*. C'est une petite maison d'une ou deux pièces qui est considérée comme un lieu sacré et intime : un sanctuaire. C'est dans cet espace que les houngans et les mambos appellent les Lwa pour leur *pitit fèy* ou ceux qu'ils ont initiés. Dans l'espace du *kay* Lwa, on trouve un autel appelé *pewon* qui prend des formes diverses selon l'héritage familial. On range dans le *kay* Lwa les accessoires des Lwa. Des cérémonies et des rituels secrets sont tenus dans le kay Lwa de certaines *bitasyon*.

Krikèt / Cheval Bondye

Dans le langage courant on appelle *krikèt* un insecte, sorte de sauterelle ailée, qui est aussi appelée *cheval Bondye*.

Kwi

Ustensile utilisé dans certains rituels vaudou. Le *kwi* est obtenu à partir de la calebasse, fruit de l'arbre tropical appelé calebassier. La calebasse est de couleur verte. Elle a la forme d'une grosse balle ronde. Elle peut être aussi de forme allongée ou ovale. Quand ce fruit, la calebasse, est coupé en deux, vidé de son contenu, séché et nettoyé, il devient un ustensile appelé *kwi*.
Le *kwi* est utilisé dans les repas rituels de certains Lwa tels que : Papa Legba, Kouzen Zaka, les Lwa Marasa, les Lwa Gede les Lwa Kafou ou les Lwa Bawon.

Lakou

Les *lakou* sont des espaces communautaires où la famille élargie habite autour de la maison des anciens (patriarches ou matriarches) en milieu rural. Dans les lakou les anciens pratiquaient leurs cultes et leurs rituels pour les Lwa. On retrouve dans les *lakou* des lieux qui sont des sanctuaires réservés aux Lwa comme le *kay* Lwa ou *kay mistè*, le peristil, le *djèvo*, le hounfort et parfois le cimetière familial. Dans un *lakou* beaucoup de cérémonies sont ouvertes au public. On trouve parfois des sources ou des rivières à proximité des *lakou* pour la tenue des cérémonies pour les Lwa de l'eau.

Lazil (L'Asile)

Appellation créole de la commune de L'Asile qui se trouve dans le département des Nippes d'Haïti.

Liminasyon/Liminen

Une *liminasyon* c'est l'action de *liminen*. *Liminen* c'est faire une requête, une prière votive ou une dévotion avec une bougie ou une chandelle allumée. On fait des *liminasyon* pour les Lwa, pour les ancêtres ou pour les gens qu'on aime.

Lodyans

En Haïti, en général, dans les villes de province, les villages et les bourgs, les gens se rassemblent sous leurs galeries, sous le porche de leur maison, parfois sous un lampadaire dans la rue, pour discuter, deviser et se raconter des histoires.

Lwa ou Mistè

Dans le culte vaudou, les Lwa ou *Mistè* sont des Esprits créés par un

Être Suprême. On les appelle aussi Invisibles, Mystères, Divinités, Entités. Ce sont des entités pluridimensionnelles. Les Lwa sont aussi des créateurs d'univers. Ainsi, dans le vaudou, on retrouve les Lwa du feu et de la terre, les Lwa de l'air et de l'eau. Les Lwa font aussi partie des ancêtres des héritages familiaux qui sont devenus des divinités avec des caractéristiques complexes.

Lwa Rasin
Esprits ancestraux, les esprits de la famille, profondément enracinés dans l'héritage mystique des familles haïtiennes.

Sèvi Lwa
C'est le fait de servir les Esprits, les *Mystères*, les ancêtres.. C'est faire des *liminasyon* et des dévotions (voir *Liminasyon/liminen*), monter des tables rogatoires. Cette expression signifie vénérer les Lwa, c'est-à-dire chanter, danser pour les Lwa, faire des offrandes et des repas rituels. C'est l'acceptation d'un mode de vie et du libre arbitre dans la pratique familiale du culte vaudou.
C'est aussi respecter les principes d'éthique des Lwa basés sur l'amour, la tolérance, le partage, la générosité, la compassion.

Lwa eritaj ou Lwa bitasyon
Esprits des anciens et des ancêtres qui se sont établis ou qui font partie d'un domaine familial, de la *bitasyon* familiale ou du *lakou* (voir *Bitasyon, lakou*). Les Lwa *eritaj* sont aussi des Lwa de *bitasyon.* Ces Lwa ont les secrets de l'héritage familial et sont les gardiens des *bitasyon* familiales et/ou des *lakou.*

Lwa Kafou
Les *Lwa Kafou* sont des Lwa qui se situent et se tiennent à la croisée des chemins. Les *Lwa Kafou* sont des entités qui donnent le passage aux Lwa, aux ancêtres et aux vivants.

Lwa koulèv
Damballah Wèdo et Aïda Wèdo sont représentés symboliquement par deux serpents dans leur *vèvè* (voir *Vèvè).*

Damballah Wèdo et Aïda Wèdo furent les premiers Lwa à être créés. Ils sont invoqués dans les cérémonies, dans les chants vaudou comme des

Lwa *koulèv,* signifiant Lwa couleuvre. Damballah Wèdo et Aïda Wèdo représentent tous les deux la conception, la naissance, la vie, la famille, l'amour, la sexualité, la fertilité, l'inspiration, la chance, la providence, le mouvement, la continuité, l'harmonie, la sagesse et le destin.

Lwa marasa ou Lwa masa

Dans le vaudou, les *Lwa Marasa* ou *Lwa Masa* sont des Lwa enfants. Ce sont les jumeaux divins : ces Lwa enfants sont le symbole de l'harmonie première, de l'union originelle de la terre et du ciel. Les *Lwa masa* ou *marasa* sont considérés, dans le vaudou, comme de grands esprits, puissants, protecteurs et guérisseurs.
Les Lwa marasa sont accompagnés d'autres Lwa enfants, les *dosa* (voir *Dosa*), les *dosou* (voir *Dosou*). Ils sont aussi accompagnés de leur mère, *manman jimo yo*, la mère des jumeaux (voir *Manman jimo*, *Terin marasa*).
Les accessoires principaux des Lwa Marasa sont des plats appelés *plat marasa* ou *plat masa* (voir *Plat marasa*).

Manje Lwa

Repas rituel préparé avec beaucoup de rigueur à l'intention d'un Lwa ou de plusieurs Lwa. La préparation du manje Lwa dépend d'abord des Lwa et de la manière dont les anciens le pratiquaient dans chaque héritage familial. Ces repas sont constitués de nourriture issue de la production locale, de desserts et de boissons offertes aux Esprits. Ces derniers, en retour, donnent la protection, la guérison et procurent beaucoup de bienfaits ainsi que des richesses spirituelles aux familles.

Manman jimo yo / terin marasa

La mère des *Lwa marasa,* ou *masa* ou les jumeaux divins, est appelée *manman jimo yo.* La mère des Lwa marasa est aussi surnommée *terin marasa.* Son accessoire principal est une grande cruche en argile remplie d'eau fraîche qui est toujours positionnée à côté des *plat marasa* (voir *Plat marasa*).

Mazoumbèl

Le *mazoumbèl* est un tubercule de la même famille que la patate douce ou la pomme de terre. Le *mazoumbèl* est utilisé dans beaucoup de repas rituel pour certaines familles de Lwa (Lwa Guédés Lwa Ogou, Papa Legba).

Mèt Tè a

Dans la religion vaudou, le Lwa Kouzen Zaka est le Lwa créateur de la terre. On l'appelle aussi *Mèt Tè a* (Maître de la Terre). C'est un Lwa familier, vivant, très convivial et puissant qui est à l'image d'un paysan haïtien travaillant la terre.

Moun

Personne, individu.

Nanm

L'âme d'une personne. C'est la force vitale de l'esprit, l'ange gardien, l'ange protecteur qui est en chacun de nous. Dans le vaudou, un esprit peut être bienveillant ou malveillant.
Dans le vaudou haïtien, quand on meurt, le nanm se détache pour aller rejoindre l'escorte de Lwa qui nous a accompagnés pendant notre passage sur terre.

Ogou Feray / Feray / Mèt Feray

Les Lwa Ogou sont honorés dans les rites du Dahomey, les rites rada et pétro : ce sont les rites du feu. Dans le vaudou, le Lwa Ogou Feray, appelé aussi *Mèt Feray*, Ogou Fer ou *Ogou Feray*, représente la fusion du métal et du feu. Le Lwa Ogou créa la métallurgie, symbole de civilisation et de pérennité. Dans le culte vaudou, le Lwa Ogou Feray est considéré comme le forgeron divin. Ogou Feray est aussi considéré comme le Lwa des armées et de la guerre. Les Lwa Ogou sont les Lwa créateurs de l'univers du Feu.
Le *feray* se réfère à la forge du Lwa Ogou Feray. Dans les *lakou*, *bitasyon* et *demanbre*, le *feray* est un espace où l'on retrouve, symboliquement, une tige en fer plantée dans le sol autour duquel on allume un brasier avec du bois lors des cérémonies.

Oumfò (hounfort)

Temple vaudou très complexe constitué d'un ensemble de structures bâties dans un *lakou* sous l'autorité d'un houngan ou d'une mambo. Parmi les structures bâties retrouvées dans ce *lakou*, on trouve le *kay* Lwa, ou kay *Mistè* qui est la maison des Lwa. C'est un sanctuaire voué aux divinités vénérées dans le *lakou.*

Dans le langage *fon*, le terme *hunxò* se réfère à une hutte vaudou, et le terme *hunxwè*, à la maison du Lwa.

Peristil (péristyle)

Sorte de tonnelle de forme carrée, rectangulaire ou ronde, couverte et ouverte, localisée dans l'espace d'un *lakou*. La toiture du *peristil* peut être recouverte avec de la paille, de la tôle ou du béton. Le sol de la tonnelle est très souvent en terre battue. Sous la tonnelle se tiennent les tambourineurs, les officiants, les chanteurs et le public qui viennent tous participer aux *dans* (voir *Dans*) pour les Lwa. C'est le lieu que les houngans et les mambos utilisent pour officier. Au centre du *peristil*, on trouve un poteau central appelé *potomitan* (voir *Potomitan*). C'est aussi un espace festif lors des cérémonies dédiées aux Lwa.

Pewon

Autel qui se trouve dans un temple vaudou ou un hounfort, dans un *kay* Law ou *kay Mistè* (voir *Kay* Lwa, *Kay Mistè*). L'autel vaudou, le *pewon* est, en général, couvert d'objets sacrés et consacrés qui représentent très souvent des symboles et des accessoires liés à la religion vaudou. Parfois, on y trouve des dessins ou des peintures à même l'autel qui représentent les Lwa et/ou leurs symboles.

Pitit fèy / Pitit kay

Ceux et celles qui ont été traités et guéris à l'aide de plantes médicinales ou de racines par un houngan ou une mambo. Ce sont aussi ceux ou celles qui ont été initiés par le houngan et la mambo. La mambo ou le houngan sont alors considérés comme le guide spirituel des *pitit fèy* ou des *pitit kay*.

Plat marasa ou plat masa

Ustensiles utilisés pour servir les repas rituels des *Lwa marasa* ou Lwa Jumeaux. Les *plat marasa* sont composés d'un ensemble de plusieurs petits pots en argile que l'on remplit d'eau et constituant une trilogie agrémentée d'une grande cruche. Il existe : le *plat marasa 1*, constitué d'un seul petit bol, le *plat marasa 2* qui est constitué de deux petits bols accolés en argile, le *plat marasa 3*, constitué de trois petits bols accolés en argile. L'ensemble est complété par une grande cruche unique qui représente la mère des Lwa jumeaux, appelée *manman jimo yo* ou *terin marasa* (voir *Manman jimo yo*, *Terin marasa*).

Potomitan

Poteau central, en bois ou en béton, situé dans un temple vaudou ou dans un *peristil* (voir *Peristil)*. C'est autour de ce poteau central que se déroulent les cérémonies aux Lwa. Le *potomitan* est considéré comme le centre mystique du monde invisible, l'axe central entre le monde visible et le monde invisible.

Le *potomitan* est un espace consacré qui crée, lors des cérémonies, un environnement sacré.

Le *potomitan* est l'axe des rites et représente la source et l'origine surnaturelle des rites vaudou. Il est considéré comme le bâton de Legba qui ouvre tous les rites vaudou.

Rapadou

La cuisson prolongée du sirop de canne donne du *rapadou* qui est une masse solidifiée de couleur brune. Le *rapadou* est, le plus souvent, emballé dans des feuilles de bananes plantain. Lors des cérémonies pour les Lwa Marasa, des morceaux de *rapadou* sont déposés sur des feuilles de bananes plantain à côté des plat marasa. Les Lwa Marasa, comme tous les enfants, raffolent du rapadou à cause de sa forte teneur en sucre.

Règleman

Arrangements ou conditions pour interpeller les Lwa et pour les rituels qui le requièrent, c'est-à-dire, les chants, les gestuels, les rites dans la structure d'une cérémonie vaudou. Ils sont très souvent inscrits dans les répertoires des chants vaudou.

Simityè (cimetière)

Lieu où habitent les Lwa Bawon qui sont considérés comme les Lwa de la vie et de la mort. On retrouve dans les cimetières tous les Lwa Bawon (Bawon Samdi, Bawon Lakwa, Bawon Simityè…) et toute la famille des Lwa Gede (voir *Gede*).

Bawon Samdi est le gardien des cimetières. Il est aussi le père des Lwa Gede et le maître des cimetières. Son symbole est la croix.

Siwo kann

Sirop qui provient de la canne-à-sucre. La canne-à-sucre est pressée pour en extraire le jus. Le jus extrait est filtré pour éliminer les impuretés et les particules solides. Le jus de canne, après avoir été filtré, est chauffé dans des chaudrons. L'ébullition permet de concentrer le jus et de réduire sa teneur en eau. Au fur et à mesure de l'évaporation de l'eau, le liquide devient de plus en plus épais et sucré : c'est le sirop de canne.

Tafia

Boisson fortement alcoolisée préparée localement dans toutes les régions du pays. Certains tafia sont très prisés par une catégorie de Lwa lors des rituels vaudou.

Tire kont

Tradition haïtienne consistant à lancer des devinettes, raconter des histoires courtes liées à la vie de la région ou sur les esprits bienveillants et malveillants. Dans les villes de province, les villages et les bourgs, à la tombée de la nuit, sous les porches des maisons ou dans la cour, tous les enfants du voisinage se rassemblent autour des adultes ou des anciens, pour des séances de « tirer contes ».

Vèvè

Les *vèvè* sont considérés comme des diagrammes mystiques tracés sur le sol d'un *peristil* (voir *Peristil*), d'un *pewon* (voir *Pewon*), d'un hounfort (voir *Oumfò*) ou d'un temple vaudou. Ces diagrammes sont tracés, en général, avec de la farine de maïs, de la farine de blé (parfois avec de la cendre ou de la poudre de charbon, selon le rituel). Le *vèvè* n'a de sens rituel que tracé sur le sol du péristyle ou du hounfort par ceux qui y sont autorisés. Étant une graphie sacrée, le *vèvè* est le code d'appel d'un Lwa précis.

Zansèt yo

Les morts sont les *zansèt*. Porteurs de l'héritage familial – les ancêtres, donc –, les morts sont vénérés dans le vaudou. Les *zansèt* sont ceux et celles qui ont vécu avec nous, qui nous étaient proches et qui ont marqué leur passage sur la terre. Dans le vaudou, il y a une prière dédiée aux ancêtres, qui est la prière Dior. Ceux parmi les ancêtres qui ont bien servi leurs Lwa, pendant leur vie sur terre, peuvent devenir Lwa dans un héritage familial donné.

Références :

- Benjamin Hebblethwaite, *Vodou Songs in Haitian Creole and English (Chante vodou an kreyòl ayisyen ak angle)* with the editorial assistance of Joanne Bartley, Chris Ballenger, Vanessa Brissault, Erica Felker-Kantor, Andrew Tarler, Quinn Hanson and Kat Warwick, Philadelphia, Temple University Press, 2012.

- Église Vodou d'Ayiti, *Le Livre Sacré du Vodou Ayisyen*, Ati, Mambo Marie Lourdes Jean-Pierre Jarbath, Grande Déléguée du Conseil Suprême et du Grand Collège des Grands Serviteurs et Servantes, Suprême Servante (par intérim) de l'Église Vodou d'Ayiti, Orlando, FL, 2023.

- Hans W. Ackermann, Maryse Gautier, Michel-Ange Momplaisir, *Les Esprits du Vodou haïtien*, Éduca Vision Inc., 2011.

TABLE DES MATIÈRES

Made in United States
Cleveland, OH
11 November 2026

48015476R00069